LOCUS

LOCUS

LOCUS

LOCUS

catch

catch your eyes；catch your heart；catch your mind……

catch 078
老鷹，再見——一位排灣女子的藏西之旅
作者 伊苞
攝影 Michale Chang
責任編輯 韓秀玫
法律顧問 全理律師事務所董安丹律師
出版者 大塊文化出版股份有限公司 台北市105南京東路四段25號11樓
讀者服務專線 0800-006689
TEL (02) 87123898
FAX (02) 87123897
郵撥帳號 18955675
戶名 大塊文化出版股份有限公司
e-mail:locus@locuspublishing.com
www.locuspublishing.com
行政院新聞局局版北市業字第706號

總經銷 大和書報圖書股份有限公司
地址 台北縣五股工業區五工五路2號
TEL (02) 8990-2588（代表號）
FAX (02) 2290-1658
初版一刷 2004年9月
定價 新台幣250元
ISBN 986-7600-71-1
Printed in Taiwan

國家圖書館出版品預行編目資料

老鷹，再見／一位排灣女子的藏西之旅
伊苞—文字 ／ Michale Chang—攝影
—初版——台北市：大塊文化，2004〔民93〕
面： 公分——(catch;78)

ISBN 986-7600-71-1（平裝）

855 93014432

老鷹，再見

伊苞——文字＋Michale Chang——攝影

我至今才瞭解
找到眞切的愛
導引我追尋的力量
我看見自己
爲了迎向你

註：MIPEREPEREPER I KALEVELEVAN AZA ARIS爲排灣族語「翱翔在天際的老鷹」之意。

目錄

藏西　部落

壹

她走向湖邊，彎下身來飲用湖中之水。風起，枯葉飄落湖中，她聽見聲音，開始哭泣。孱弱的靈力受著環境的牽動，秋風、落日、夜雨、季節變換，孩子的靈四處遊走。

當我從母親的雙腿鑽出來的那一晚，巫師作了這個夢。

按照習俗母親將我的臍帶埋在屋裡的石板下，她把我抱在懷裡，接受祭師的祈禱、祝福。我的搖籃紮著巫師祝福過的鐵片，衣衫裡縫掛著來自天上神靈庇佑的鷹羽。如鷹般迅捷、敏銳，好讓我的靈力增強，不受惡靈侵擾。

「有一天我走了，你拿什麼做依靠。」

這是父親生前常跟我說的話。從小我和父母終日與山林為伍，父親在生活中總是費盡心思地要我學習大自然生命力，父親總在山林的生活中，傳承祖先留下來的生活智慧。

父親從小教導我辨認各種植物，什麼能吃、什麼不能碰、什麼可治頭痛、什麼草葉可治癒我常患的腹瀉毛病。黃昏，我和父親會走到樹林裡，觀察樹上的松鼠或在地上尋找山豬野獸的蹤跡，父親稱這個時間為「拜訪。」

我們父女倆在雜草叢中像兩隻豹，蹲伏著「拜訪」，松鼠在木瓜樹的果實和樹幹間跳來碰去。父親說：「你看那隻小不點，個性很急躁哦，你的捕鼠器放在牠的『跑道上』牠一定被你抓到。」果然，松鼠在一顆酸藤覆蓋的樹上，咚咚咚地跳到橫長的野桐樹幹再一股腦地跳到紅透了的木瓜上。吃了幾口，左顧右盼地循著原來的路徑爬上爬下，然後又出現在那顆木瓜上。

「木瓜好吃耶！」父親盯著吃木瓜的松鼠說，「松鼠給自己補營養呢！」好像真的好吃。我依照父親的指示，捕鼠器設在「跑道上」，第二天小不點果然來報到了。

父親是個獵人，是這種觀察入微的心性吧，每次打獵回來，他的網袋一定裝滿獸肉。每當部落出入口響起呼嘯聲，人們就知道是父親帶來的好消息。按照分享的傳統，長老們聚集在我家，一起將獸肉切塊分送到每一家。

籠子裡的小松鼠慌張張地尋找出口，父親看了看說：「這個小不點，不懂事。」然後打開籠子放牠走。

有一天，清晨才醒來，我就抱著玻璃珠罐跑到阿里母家找他。阿里母一醒來，我們就在他家的前庭玩。滿罐的玻璃珠後來被大孩子通通贏去，我無聊地看著別人玩，到了中午才悻悻然回家。父母已經出門，我打著赤腳，一個人跑到父母的山上。

翻越一座山嶺，部落已在我身後消失無蹤。

穿過相思樹林，我來到少妮瑤奶奶的休憩小屋。

小屋前種植香蕉和檳榔樹高高佇立著。

陽光下，我循著平坦的路徑一路唱著歌，野牡丹和長穗木開著美麗的花朵在風中搖曳，踩著小腳奔放而輕快。就在右腳著地的剎那，我看見一條巨大的蛇盤踞在路中，我全身僵住，因為害怕而拚命向著山頭哭喊。

父親聽見我的呼喊，飛奔而來。

鄰近耕作的族人身繫番刀聞聲趕到。

「怎麼了？孩子。」他們來到我身邊撫摸我的身體和頭部。

「有蛇！」我噙著淚水說。

父親揮動手中的番刀，小徑兩旁的草葉頓時在空中翻飛起來。最後，父親撥開我腳前的雜草說：「他走了。」我一個箭步就跳到父親跟前。

父親手中握著番刀指著眼前遼闊的土地說：「怎麼你的腳不會轉彎，這——麼大的土地，蛇在你的前面，你這樣繞，那樣繞，都可以繞到父親母親的山。」

父親說時，一陣狂風忽地吹向樹林，傳來葉梢被風拍打的聲音。

叔伯阿姨在我頭上哈氣，靜默地離去。

「孩子，來，蹲下。」父親蹲在地上，就地以藤製作一個草環說：「林子裡散佈的精靈被你那樣的哭喊驚擾了。」

我猛地回頭看望身後飄搖的鬱鬱蒼蒼。

什麼也沒看見。

父親把草環戴在我的頭上，一面唸唸有詞：「剛才的哭喊是外地人在說話，沒人聽懂她的語言。」然後，神情嚴肅地在我耳邊小小聲說：「人的靈魂有兩個，一個主要的靈魂寄附在你的右肩，一個在你的左肩。如果你感到害怕，你右邊的靈魂就會被精靈引誘離開身體，它會被帶到外面到處遊玩，然後找不到回家的路。你是它的家，所以，你要全神貫注用左邊的靈魂守住你的右邊。」

父親看著我衣衫裡母親縫掛的鷹羽說：「想想老鷹從那麼高的天空飛下來，抓走我們的小雞，那是因為牠的靈力很強很大，現在你是老鷹，你的身體裡面充滿靈力。你只要一跑——」父親的手在空中一劃，「咻——沒有人發現你，可是你已經穿越眼前的那片相思樹林，跑過那座油桐子樹。然後，蹲在陽光照射的那個山坡上，等著我。」

「父親。」我望著他，淚水在眼眶裡打轉：「老鷹有被你打下來。」

「我是拉卡茲，什麼是拉卡茲？是守護部落的勇士和獵人。鷹羽製成頭飾是一種彰顯老鷹的靈魂和勇猛的行為，配戴的人必須是上等的人，是值得族人尊敬的人。我把這個榮耀獻給照顧族人的頭目。你長大了也會因為我的身份和事蹟而在頭飾上配戴鷹羽，受人尊敬。」父親說：「你頭上的草環會遮蔽你，哭，只是削弱你的力量。來！起來，記住巫師老人的禱詞：『像老鷹一樣，動作迅捷、眼睛敏銳』。」

我擦乾眼淚，讓父親把頭上的草環綁緊，弓著身，望向前方陽光照射的山林。然後，擺盪雙臂，不顧一切，奮勇前奔。

蹲在山坡上看見父親的身影，我飛奔過去。

突然，父親隱沒山林裡。不一會兒，他出現時，手上、滿懷都是番石榴，我開懷地笑起來。

「你看，有什麼好怕的！」父親說：「如果有一天我走了，你怎麼辦呢？」

尋常的喝酒夜晚，歌系和依棒一時興起，歌夕從衣櫃搬出傳統服來為我裝扮。

貳

八月十一日，清晨五點鐘，我站在尼泊爾飯店的落地窗前，望著灰暗中尼泊爾疏落有致的屋宇。

季節雨紛然飄落，隔著玻璃，我聽不見雨聲，萬籟寂靜，是什麼觸動了生命深處已然崩塌、被掩埋的原始。透過無聲雨，彷如一片片石板，層層堆疊的記憶，重回歷史現場。父母的吟唱、巫師的禱詞，伴隨著山上的景物、踩在土地上的雙腳、割傷的小腿，從遙遠的故鄉呼喚著異國遊子的靈魂。

參

尼泊爾多山的地形在我們離開喧囂的城市，完全顯現在山林間。路的兩側有時一邊是滔滔江河，有時路一轉，陡見飛瀑從天傾瀉而下，山林、道路處處水到渠成，充滿驚奇。一個轉彎，路旁的村落家家晾掛著結實飽滿的玉蜀黍，間或有依山坡而建的土磚矮房。

土磚房前的門廊坐著一群人，雨滴從屋簷上滴落。

車外的人看著車裡的人，車裡的人望著窗外，你看我我看你，這景象也成了風景。

窗外空氣清麗，山坡上一塊塊收成的玉米田，牽牛賦歸的老人，霧雲飄渺的山林裡，山上人家炊煙升起。

偶爾我閉起雙眼，巴士冒著黑煙吃力地在蜿蜒山路緩緩前行。好幾次當我睜開眼的時候，我總以為自己在回家的路上。

「去哪……裡啦，你！」

「撿蝸牛啊！有平地人要買耶。」

「嘿！陳梅花我們去撿蝸牛，賣了蝸牛我們就有錢買王子麵。」

我們一群孩子手中拿著麻袋，浩浩蕩蕩向著山野一同出遊。大家在山溝裡嬉鬧，忙著爬上芒果樹上搖芒果、吃芒果；丟石頭打落芭樂、百香果；遍野滿山的各種果實，吃得不亦樂乎。黃昏，一群出遊的孩子帶著滿身泥巴和飽飽的肚子回家。至於，賣蝸牛買王子麵，大家早就忘了。

我出生的山上是一個陽光充足、雨水豐沛的地方，父母在豐沃的土壤種植芋頭、南

達來村，放學回家的小朋友。

瓜、小米、玉蜀黍、花生和蕃薯。

每當落日燦紅，我和父親從溪谷撈魚回來，加在母親燉煮的樹豆湯裡。微風輕吹，我和家人坐在耕地小屋前，望著紅陽鋪成美麗的層層山巒。

溪水潺潺，飛鳥歸巢。

母親的悠悠歌聲揚起：「多麼的好，在這山中，誰帶來我的思念。」

父親回唱：「是哥哥我，妹妹。我看見天空的彩虹，我追著彩虹而來。」

傳說，大武山的創造神是以唱歌的方式創造排灣族人。我的父母，在一天的辛勞之後，唱著歌撫慰土地上的作物。

母親講一個關於部落的故事，我躺在母親懷抱裡，母親悽楚動人的聲調吟唱著：

「很久以前，有一對姊弟，姊姊撒凱依是部落的頭目，她的丈夫撒達一爾入贅到她的部落。有一天，撒達一爾對小舅子撒比力說：『我們去芋頭田拔草吧！』於是，兩個人就上山去了。途中他們經過一片竹子林，撒達一爾對撒比力說：『我們以掘棒來挖掘竹子的根，比比看誰的速度快。』

撒比力年輕氣盛，一心想要贏過姊夫，所以當撒達一爾話才說完，他就向著竹林，開始埋頭挖掘竹根。撒達一爾是個具有神力之人，他手上的掘棒一拍地，竹林應聲連根翻塌下來了。

合影前，為你、我的愛侶，插上一朵鮮花。

『我們抽個煙斗吧！』撒達一爾看著狼狽的小舅子，若無其事地說。

他們坐下來抽著煙。一會兒，撒達一爾又說，怎麼我的煙熄了，也點不著火。

其實，撒達一爾有意要謀害撒比力。當撒比力過去幫他點火時，撒達一爾就把撒比力的頭給取了下來，裝進背袋裡。

撒達一爾回到家。『怎麼沒看見弟弟？』撒凱依說。『不知道，他明明比我早回來。』『到那裡去了呢？晚餐都已經涼了。』撒凱依怎麼著急也盼不回弟弟的蹤影。

此時，撒達一爾說：『撒凱依，我要抽煙！請把我的背袋拿來。』

撒凱依走到石柱上，把掛著的背袋拿下來。背袋異常沈重，她拉開一看，是弟弟的頭顱。

撒凱依保持鎮定，不發一語。心中縱然萬分悲痛，她仍然不動聲色，默默想著對策，心底不停地問，為什麼遭受如此對待。

這完全是撒達一爾的嫉妒心。身為頭目的撒凱依，備受人民愛戴和尊敬。在收穫祭當天，撒達一爾眼見遠從其他部落來歡度慶典的人們，如螞蟻般湧來，他們將獻給頭目的貢品、獲物，掛在榕樹上和家屋四周。榕樹因為貢品繁多而垂掛著。撒凱依的威望竟然勝過自己，撒達一爾心生嫉妒。

撒凱依召集人民，商討下一步。

最後，撒凱依宣布：『再過三天，就是收穫祭了。每家每户都要殺豬，要拿最好的酒，每個人要像以往一樣，熱熱鬧鬧來過節。然後準備好要帶走的家當，當晚，我們就要離開這個部落。』

收穫祭當天，如往常熱絡，人們盛裝唱歌、跳舞，飲酒作樂。

他們將豬的油脂沾在一把把的小米梗上，當作是照明的火把。當撒達一爾一醉倒，人們便挨家挨户敲門，聚集在頭目家前庭。每個人手上燃起的火把，如天上的星辰閃耀著大地。

是夜，撒凱依帶領她的人民離開她生長的地方。」

肆

蜿蜒的山路，每過一個轉彎，我的記憶就都鮮明了起來。

台灣六〇年代的部落生活是充滿快樂的山林生活，人與大自然共為一體。隨著莫名的巨大力量湧入，部落不自主地受著影響，生命中原本最初的東西也漸漸褪色消散。

「透過遷移，新的事物不斷在妳眼前湧現——那個時候，只有心靈覺明的人才知道風所帶來的訊息。」

我第一次離家到外求學的那個早晨，巫師來家裡為我祝福時對我說：「若我從大武山回來人間，你會知道是我回來嗎？」父親在廚房燒火，爐鍋裡的樹豆和山豬肉散發著香味。母親坐在巫師身旁，我背著窗口坐在矮凳上向著她們。清晨的陽光從窗口照在我的背上，落在客廳的石板上。

當時我並不明白死亡意味著什麼，但我的離開對於部落老人家而言，就是一種「死亡」。「你今天離開，我不知道明天或後天會不會再遇到你？」老人家這樣對我說著。「離別是死亡的其中一個面孔」。

從小到大，無論在那裡遇見老婦人，她們總是先用雙手輕撫我的髮，檳榔染紅的嘴唇親吻我的額頭、臉頰、撫摸身體，然後，事情就像應會發生似的，她們會以哀傷和思念的語調說：「孩子，我們死後，妳會記得vuvu嗎？」互動的形式像是我們的歌，她們是領唱者，當她們領唱完，該我展喉回應她們的歌聲時，她們隨即改變旋律。拉起裙角擦拭著眼淚和鼻涕，回頭以愉悅和俏皮的音調跟同伴說：「朋友，我們別老是站在太陽下。曬黑了屁股，男朋友會不理睬我們的。」然後哈哈大笑。死亡從不曾以沈重的低音大喇叭聲出現在我耳畔，它是以輕快的旋律，像陣旋風，輕輕拂過我的身體。

我低著頭，心裡想著死亡。它是像黑夜時靜默的山林？還是白天裡燦爛的陽光？透過黑夜，生命才得以延續，但陽光下一張張縐褶的臉孔也有深沈的哀思啊！這是個難題。我抬頭仰望，看見巫師雙手環抱著膝蓋，面容慈祥而平靜地朝著屋外凝視。

「我們老人家知道自己的方向，我們死後一定會回大武山祖靈所在地。但是你們呢？你們會迷路。」

「孩子的離開，必然有她清楚的想法。我們從小教導她的，會是她一輩子的陪伴。」母親說，「那些被撒凱依帶走的人民不是也有人回來嗎？」

我側耳傾聽著。

「他們想念故鄉的樹豆。」巫師說，「難忘樹豆湯的味道，他們從遠方遙望故鄉，看見炊煙裊繞，於是離去的人們再度踏上屬於自己的地方。」

父親提著湯鍋進來，特別地道，香味四溢。地瓜、芋頭、小米飯也都一一端出來了。母親走出屋外，一如往常請來左鄰右舍的老人家共同享用。

「透過遷移，新的事物不斷在妳眼前湧現……」果然，七〇年代部落的生活充滿變化與哀傷。有時候覺得部落的命運必然衰亡，造物主決定如此，生命如此，萬物亦復如此。

大社村，製作竹簍的媽媽。

事情從貨幣帶來的力量開始。

七〇年代初，部落陸續有人往平地工作，賺取百數（錢），我們開始有了許多平地用品，如電視、電冰箱。貨幣帶來的不只是這些，還有新的價值觀。

很快的化妝品美白之類的流行話題在部落中流轉，有人開始注重保養。蛋白敷臉可使皮膚變白是一種，吃食品永保青春是一種。已經少有人願意再待在山上工作，大家都不願意曝曬在陽光下。族人黝黑的膚色變成我的罩門。我對上山工作也變得意興闌珊。

「有一天我走了，你拿什麼做依靠。」父親對著不願隨他上山工作的我這麼說。

父親再說同樣的話時，我已經閱讀了三毛的《撒哈拉沙漠》這本書。於是，我以父親完全聽不懂的語言（漢語）回答：「我要去流浪。」

伍

將近五小時的車程才到達寇達里，寇達里是西藏和尼泊爾的邊界，我們在此辦入境手續。一下巴士，我們被一群「親戚」包圍，大人、小孩、婦人、年輕人，女女男男，他們手指著背包要幫我們揹，我們的大行李已由當地負責人分配安排了。我搖搖頭，比了一個「很～～大」的手勢，然後，手指著人群中他們的「頭頭」；一位頭戴淺紅色鴨舌帽，臉上有著淺淺笑容的年輕人。眉濃、大眼，而且皮膚黝黑，神情、長相與部落裡大我三歲的依笠斯完全一個模樣。

小時候我和依笠斯一起放牛，一起跟著父母到耕地幫忙，他的父母是敦厚溫和的人，工作的多半是依笠斯的母親。他父親常來我家喝酒，喝到哪裡倒在哪裡，經常見到依笠斯削瘦的身形扛起他父親的肩膀，在石子路上顛顛倒倒。

依笠斯的家位於部落最上方，風最吹得到、陽光最曬得到的地方。後方有片陰鬱的大樹林，是族人上山耕作的出入口。到了晚上，傳說那裡會有一堆鬼在行動，

青山村的婚禮，頭目新娘盪鞦韆。

所以，當太陽下山的時候，留在附近玩耍的小孩，一定要急速跑回家。到他家有兩條路，一條是路面坑坑洞洞的陡坡，碰上雨天就變成瀑布區，泥濘難行。一條是部落引接管線的集水區，接管線在砌高的石牆上攀爬，時常有蛇從水管洞口中出沒。

除了依笠斯他爸爸會出來喝酒外，依笠斯的其他兄弟姊妹很少出來玩。看到他的人會說：「依笠斯來找爸爸嘍！你爸爸躺在這裡啊！依笠斯。」

他都會露出早熟的微笑。

有一次，我和同伴在辦家家酒，為新娘採牽牛花當花環，看見依笠斯站在屋外一個人在笑著。

「依笠斯你笑什麼？」我說。

「叔叔把別人的管線切斷，還說別人的水管太大水流不到叔叔家。」依笠斯笑著說。

有時候，依笠斯的媽媽看見我在他家附近玩耍，回頭就跟依笠斯說，怎麼不招呼妹妹進來家裡。依笠斯怯生生地喚著我的名字說：「進來我們家玩。」

我和同伴湧進依笠斯的家，幾個小蘿蔔頭，擠在一張椅子上，彆扭地吃著桌上的烤魚和地瓜。

吃完東西，天還很明亮，依笠斯的母親要他送我回家，並且到菜園拔了一大把菜，要依笠斯帶著。

雨季，父親在山上抓到一隻烏龜帶回來給我當玩具，他在烏龜背上鑿洞，然後用一條繩子穿起來。濕濡的大地，我穿著乾淨的衣裳，在清麗的空氣裡，牽著我的烏龜散步。

依笠斯和他弟弟手上各提著一個袋子走過來。

「啊！你在溜烏龜。」他看到烏龜高興地說。

他和弟弟蹲在地上用手摸摸烏龜的背，觸觸牠的頭和腳，然後從袋子裡撕一片筍子餵烏龜。

「請你吃。」他對烏龜說。

烏龜不理。

他斜著頭問：「你吃什麼呢？」

烏龜沒有回答。

依笠斯和弟弟起身離去。不久，我聽見媽媽呼喊我的名字。

「哦……」我向家的方向回話，快步回家。

依笠斯竟然在我家裡。我到廚房拿竹籃子給媽媽，媽媽將依笠斯袋子裡的竹筍傾倒在籃子裡。然後把百香果、香蕉、地瓜，一籃一籃拿出來裝滿他的袋子。

「你的烏龜跌倒了。」他說。我回頭一看，才發現被我一路上拖回來的烏龜，已經四腳朝天。

依笠斯的父親在一個平靜的早晨離開人世。

我國二時離開故鄉，很多年過去，始終沒有再遇到依笠斯。

有一年豐年祭回部落，在路上遇見依笠斯的母親。這位慈祥、勤奮的婦人說：「依笠斯和瑪拉武德（我哥哥）兩個人在一起喝酒，別人是越喝越多話。他們像結穗纍纍的小米垂向土地，兩個人頭對著頭不發一語，越喝越掉下去。」

「妳有多久沒來家裡了，妳的路，看起來，是越走離我們越遠了。」她看著我不發一語，心中好像還有什麼話要說，但卻就此打住，她牽著我的手，一路走向坑坑洞洞的陡坡來到她家。有幾個年輕人圍坐在她家屋前的石板上唱歌、喝酒，我走近一看，原來全是兒時的玩伴。許多年不見，我這個人像是消失了一般，現在突然出現，他們在驚訝之餘，難免要審問我。「快點結婚啦！依笠斯等妳很久了。」梅花

文樂村六年祭，祭典前合影。

手指著檳榔樹，樹下果然是面對面低垂著頭的兩個人。梅花說：「妳看依笠斯和妳哥哥，他們感情很好，每次喝酒就變成熟睡的小米。」惹得大家都哈哈大笑。

「依笠斯，小米要採收了。」

我走到他身旁問：「我是誰？」

依笠斯慢慢抬起頭，睜開一隻眼睛。他看見我，臉上露出笑容。他這一笑，歌聲伴著吉他就響起來了，大夥高唱著：『妳的微笑就像春日風／吹開了愛的花朵／那樣美／那樣好／使人間處處歡笑。』

我一坐下來，依笠斯就站起來，跌跌撞撞地走向屋裡，端了一盤烤魚出來。

「昨天我爬到山裡的深河抓來的。」他說，「吃不夠的話我晚上再去抓。」

「我今天就要走了。」

「唄！我要到民國幾年才和你坐下來談。」他非常失望。

我不知道哪裡說錯。「談什麼呢？」我看著他說。

「談什麼？」一雙濃眉大眼，迷茫地看著我。

「把媽媽找來！」他兩手插在褲袋裡，喃喃地說。

「妹妹，你從小身體不好，我們的父母已經說好要讓我們結婚的。」

「你說什麼？」

「我們從很小的時候，父母就這樣約定好了。」

「別開玩笑。」

「我們來問媽媽，妳問這些人。國小畢業那年，我拚命工作兩年，才換取到我的身份證，老闆一毛錢也不給。我拿到身份證之後，跑去當捆工，跑了三年。那是我這輩子存最多錢的時候，那年我歸心似箭，特地從北港包計程車回部落。到了家裡才知道妳父親走了，而妳也失去了聯絡。雖然如此，我們還是帶著小米、檳榔、年糕去妳家呢。這些年，妳都在哪裡呢？」

「老人家不在了……我們的耕地你看過沒有，一條又寬又大的柏油路從中間開過去。以前要走一天的路，現在五分鐘就到了。你說，這樣是好還是不好？」

我不知道如何回答，只好舉起杯子，默默喝著小米酒。

悲傷的心情總是讓我抬頭仰望天空，一隻蒼鷹在空中展翅翱翔。

「你們看，有一隻老鷹在天空。」我說。沒有人回應。

我拿起一瓶小米酒，把身旁垂頭喪氣的依笠斯叫起來，暫別這喧鬧的一群。我們走向以往族人通向耕地的出入口，坐在一塊大石頭上。眼前的天地一片遼闊，心胸也舒展了。

「你看那隻老鷹。」我說

「那有什麼稀奇！」他每天都在這個時候出現。

「告訴你一個秘密。」我說，「我是那隻老鷹，喜歡和風和雲對話。故鄉變了容貌，我仍然是愛著這個變了樣的婦人。我領受了土地的祝福和巫師的眷顧，我要開墾我的生命，放自己流浪。」我說著，自己也心酸了起來。

流浪，流浪到異地。從這人身上到那人身上，也許是遊走在無明的情感激流中，或者流浪只是放縱自己的藉口。

老鷹在空中盤旋嗷叫。

我倒滿酒杯，一杯給依笠斯，一杯給自己。兩人碰杯，一口仰盡。

「也許，你應該要有老鷹的翅膀。」我說，「生命才有力量。」

「力量從那裡來。」他看著前方：「我不知道你說的秘密，但是，我知道，一根竹子，若削去了竹節，要剖開它，多麼輕而易舉。」

「根在，還可以再長啊！受過的傷或失去的東西，就讓它走。回到內在生命的原點，重新思考。」

依笠斯搖搖頭。

「妳說的都太深奧了！」他說，「我只想問你，妳什麼時候才會想回家定下來。」

「當部落的火把重新燃起的時候。」

「妳喜歡烤火？」

我的好姊妹吾艾要結婚了，村中婦女、老人來到家中串花環、準備婚禮。

關於部落，有一則故事是這麼說的。我一面倒酒，一面把撒凱依帶人民出走的故事講給依笠斯聽。

「我可以天天起火啊！」他說。

老鷹沿著山谷飛翔，漸漸消失在眼前。

我望著前方沈默不語。

許多年後，站在尼泊爾和西藏的邊界，千里迢迢，看見另一個依笠斯，我望見內心的故鄉。

在寇達里完成入境手續之後，我們步行走過中尼邊界的友誼橋，過橋後，一一交出證件接受檢查，揹夫們揹著我們的大行李直接通過，斜坡路上沿路是貨車和販賣各種日用品和衣物的商家，前方一陣騷動，一群人扛著一件被捆起來的「大行李」運下山，我一看便知道被抬著的是一具屍首。是去轉山的人，吵吵嚷嚷的人群裡，我聽見這樣的話。是轉山人的遺體。

拉薩來的車隊和導遊已經在此等候，我們坐上車，以為就此暢行無阻，誰知還有更嚴格的把關在後頭。

樟木是外國旅遊團和登山探險隊主要通道，設有中國海關和動植物檢疫所，經過冗長的等候和檢查之後，一出鐵欄，蜂擁而至的是年輕的男男女女拿著紙鈔換人民幣，在尼泊爾邊界的屋頂上用餐時，樟木，這隱沒在煙雨濛濛中、令人神往的美麗情景，就在此時，竟然消失。

我們坐上吉普車前往聶拉木。

進入荒蕪高山、峽谷、漫無人跡的荒原上。

離開樟木約一個多小時的路程，我們到達海拔3800公尺聶拉木，日夜溫差大，空氣稀薄。平時鍛鍊出來的體能，在此已毫無招架之力，旅店主人把我們的大行李一一送到房間。我揹著背包踏上階梯一步一步地爬上三樓。我覺得胸悶，不斷喘著氣，心臟要跳出來似的——撲通、撲通地撞著胸口，有人說當你聽見自己的心跳聲，表示你的聽覺變得靈敏了。若是在台灣，我相信這句話，但此刻的現象卻是高山症。

高山症讓我們每個人看起來都相當疲憊。

我坐在床沿，閉上眼睛，把量著脈搏並且放鬆心情來調節呼吸。看起來，西藏的第一晚，不是能不能適應跳蚤的問題，而是如何讓心跳聲平緩下來，然後再睡個好覺。

旅店沒有熱水供應，沒有衛浴，有一間可以沖水的廁所。

老奶奶捨不得要出嫁的吾艾，她述說著吾艾的美好，以及自己老邁的身軀，說著說著忍不住哭了起來。

吾艾的婚禮上，老夫婦看見我，走過來握著我的手說：「你是我們的人，你的父親和我們同路。」於是，我和他們一起回家。

為了慰勞疲憊的身軀，我們享用了豐盛的晚餐，晚餐有炒蛋、高麗菜、苦瓜炒鹹蛋、雞肉、青椒炒牛肉、蕃茄蛋花湯。

刷完牙，我躺在床上數著自己的心跳聲。

冷風灌窗而入，一會兒，巴噠巴噠地下起雨來。濁黃的燈泡下，阿金閉著眼睛，默不作聲地坐在床上。

「阿金，下雨了。」我說。

她嗯了一聲。

屋外，河水滔滔。

「屋子後面是一條河耶……」我說。

「對啊！」阿金仍然閉著眼睛回答。我把手放在胸口，聽著雨聲。

漸漸地眼皮越來越重，雨聲越來越遠，我呼著氣，沈沈入夢。

新娘新郎與花童合影。

我第一次離家到外求學的那個早晨，巫師來家裡為我祝福時對我說：

「若我從大武山回來人間，你會知道是我回來嗎？」

父親在廚房燒火，爐鍋裡的樹豆和山豬肉散發著香味。

母親坐在巫師身旁，我背著窗口坐在矮凳上向著她們。

清晨的陽光從窗口照在我的背上，落在客廳的石板上。

我們坐上吉普車前往聶拉木。進入荒蕪高山、峽谷、漫無人跡的荒原上。

離開樟木約一個多小時的路程，我們到達海拔 3800 公尺聶拉木，日夜溫差大，空氣稀薄。

透過遷移，新的事物不斷在眼前湧現——那個時候，只有心靈覺明的人才知道風所帶來的訊息。

藏西也有小小的沙漠地形。

父親懷抱兒子，高興地笑了，真是陽光燦爛的日子。（前頁）

一位西藏小朋友獨自在野地裡玩石頭。看見鏡頭露出想知道怎麼回事卻又害羞的表情。（右）

在藏西難得看見這樣的木門，門旁還有藏文，更難得的是有人正要進門，機不可失，趕緊拍一張。（左）

這張相片充滿著異趣，感覺像盛裝的少女，站在荒原上當模特兒。在外面的世界，這樣的畫面是可以被安排的，但是這裡是西藏，而她真的是路人，我是個過客。（右）

尼泊爾地形多山，空氣清麗，遠處是霧雲飄渺的山林。

看見鏡頭，這三個尼泊爾人顯然有些訝異。（左）

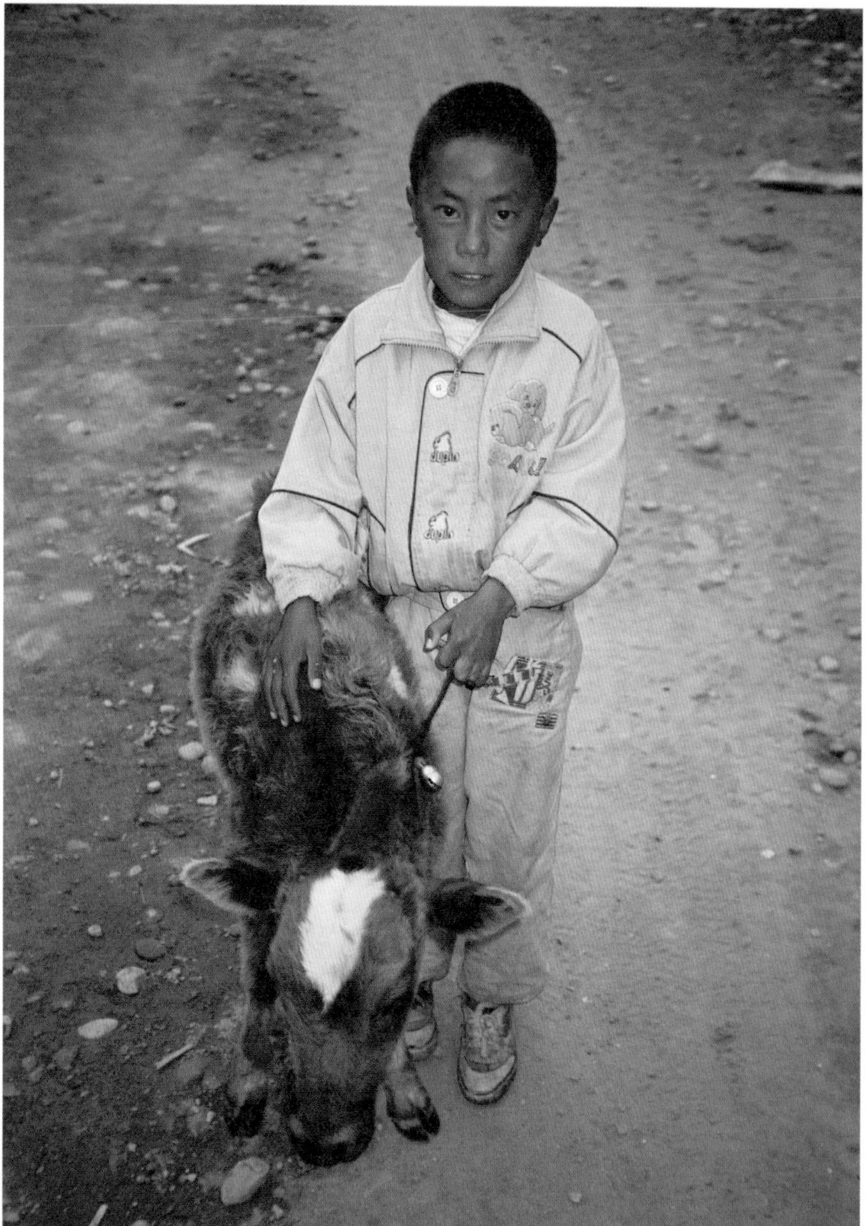

好山、好水，風景秀麗。（前頁）

路上遇見西藏小孩，牽著小犛牛，怯生生的模樣。（右）

過了一條河，前方烏雲越來越近，遠處下著雨，空中揚起的風沙像巨大的簾子從天邊垂下。

天幕下，一切都變得渺小，大自然的神奇創作讓人歎為觀止。

才一個轉彎，穿過烏雲又回到烈陽天。（左）

可愛又有用的犛牛。（前頁）
在另一户民宅前，主人見我要拍照，熱情相迎。

犛牛號稱高原之舟。藏人的酥油茶就是從犛牛身上擠出鮮奶後，放入一種叫雪董的長木筒內，不斷上下敲打，打到油水分離。浮起來的油脂冷卻後，用手搓成一塊塊橢圓形的酥油，食用時，切一小塊跟茶一起煮成濃稠狀，再倒入酥油筒中打到油水交融，然後倒出來加熱，就成了芳香好喝的酥油茶。

聖湖　巫師

8月12日　聶拉木／薩嘎

清晨，旅店主人一件件將我們的行李提下來，一個年輕女孩輕鬆地踩著階梯樓上樓下地搬，雖然她一點也不費力地呼吸，基於禮貌我們有些人還是自己把行李給揹下來了。

灰濛濛的天際，天氣寒冷。當晨霧漸漸散去，天空也開始下著冰冷的雨。一個小女孩身著單薄衣服，破舊的鞋子，平靜地踩在泥地上，經過時，眼光不曾離開我們這群全身上下包得像粽子一樣的旅人身上。泥濘的土地，發動引擎、檢查車輛的師傅們、忙著打點酥油茶的旅店主人，冷冽的空氣中混雜著濃濃的犛牛糞味，此情此景，一種旅行者邁向未知挑戰的真實感，頓時襲上心頭。

早餐後，我們重新整理裝備，把必備的隨身衣物、乾糧、礦泉水放在隨身背包裡，然後將大行李揹到卡車上。拉薩方面承辦此行的旅行社，有副領隊一人、隨團醫生一名、二名廚師、三名助手和卡車司機兩人，他們分別乘坐兩部卡車從拉薩開過來，昨晚到達聶拉木與我們會合。副領隊強巴拉，晚餐時曾自我介紹，他說話很慢，幽默又逗趣。領隊達瓦則顯得沈穩、內斂。

兩部卡車除了載運行李，還有我們這幾天的行程中所需物品，諸如瓦斯、鍋碗瓢盆、飲水、帳篷、工具、氧氣筒、伙食以及供給吉普車的油料，算是該有的都有了。

車輛是豐田四千五百CC吉普車，領隊達瓦和隨團醫師加入吉普車隊，除了司機，加上我們一共是二十五人坐滿六部吉普車。

我們此行主要目的地是到阿里地區的聖湖和神山轉山。嚴格來講，我們這支隊伍沒有人對登山或探險有豐富經驗。除了我和阿金曾爬過玉山、奇萊山，其他團員都是「我很喜歡山，也很想去爬山，可是都沒什麼時間」的類型。而唯一有西藏經驗的台灣導遊先生，他帶過的團也僅限於藏東一帶的「旅遊」景點。

與導遊相較，讓我們得意的是，早在幾個月前就緊鑼密鼓地做了體能訓練。除了平日的跑山訓練，我們還曾朝山。靈鷲山的沿途山路上都曾有過我們三步一跪大禮拜的足跡。另外我們還作了「急行軍」的走路訓練，從宜蘭救國團出發，一路走到花蓮碧綠神木。當時我們所走的路線是這樣：

第一天，迎著晨曦從宜蘭出發，晚上走到南山。

第二天，南山走到梨山。

第三天，梨山走到大禹嶺。

第四天，大禹嶺走到花蓮太魯閣國家公園的碧綠神木。

婚宴上，熱鬧的歌舞、鞭炮聲、歡笑聲和美麗的傳統服，老的、少的個個是俊男美女，我是這樣長大的。

從黎明走到天黑，路途中不管遇上風雨或是豔陽，只有一直走一直走一直走啊。胯骨痛、膝蓋痛、腳踝痛、腳起泡。只要呼吸與身體找到相同的頻率，不起念，不去感受身體的痛楚，雙腿就會帶著你一直走一直走。那是堅強的意志力和更大的耐力所串成。

我們做了健康檢查，並針對可能的病症作治療與調養，在飲食和生活作息上可說是替自己做了嚴格把關。每天按時服用預防高山症的紅井天和維他命C。

一般而言，三千公尺以上的高度，應該以一天上升300至500公尺的速度才得以讓身體慢慢適應高山的環境。但是，從昨天一天上升到三千八百公尺的情況，每個人的高山症反應明顯出現，只是輕重程度不同。我昨天的現象是呼吸急促到連走路都有困難，晚上醒來好幾次，兩次起來小便，有幾次是胸口突然發悶而醒覺過來。早上醒來時，前額和太陽穴抽痛著，有點鼻塞。吃了一顆傷風感冒藥，吞服八顆維他命C，然後喝很多水。

六部吉普車，兩部大卡車浩浩蕩蕩地開出聶拉木，我坐在三號車（第三輛）的前座，前看後看，車隊看起來儼然是一支龐大而堅強的隊伍。

車隊沿著峽谷，漸漸爬高。行車顛簸，沿途空氣稀薄。漫無人跡的荒原上，滿眼蒼黃。

車子爬升至四千多公尺處，我的身體不能適應，開始呈現昏沈和發燒的現象。我坐在師傅（司機）旁的位子，隱隱約約聽見說話的聲音，突然冷風撲面，原來是師傅叫不醒我，只好把車窗給搖下來讓冷風吹進來。他轉過頭來對我說：「你這樣睡，很危險。藏人不睡覺的方法，是口含一顆奶渣，我們藏人知道什麼地方是不能睡的，嘴裡就塞一顆奶渣來保持清醒。所以我告訴你，這個地方睡不得，一睡，妳就回不來了。」他對著我說，「嘿，不要睡啊！不要睡。」

我睜開眼力圖振作，塵沙飛揚，窗外單調的黃褐色山脈。一下子，我又昏沈過去。身邊的聲音漸漸像蚊子發出的信號一樣微弱，就在陷入深沈的昏睡之際，冷風倏地吹颳我的髮。我突然想跟師傅要檳榔吃，我想吃檳榔，嚼檳榔是我保持清醒的方法。一顆顆可愛的小果綠浮出腦海，我的口水流出嘴角了。我叫醒也陷在昏沈中的小郭，跟她要了兩顆維他命C含在口裡。

（我後來要到一顆奶渣，含在口裡足足七個小時。）

這趟路我們走走停停，每個人出現的高山症狀不同，有人拉肚子、頭痛、發燒，有人心律不整，有人一路上嘔吐。

車行顛簸的路面，人在車裡也跟著彈跳起來。往後座看，同伴們一樣難受。蜿蜒多石的山區，道路泥濘險峻。開車師傅手握方向盤，在破碎的路面，快速而敏捷地轉呀轉地。十分辛苦。

經過的路上還有一隊隊填道路、修駁坎、搭電線桿的工人和解放軍。我們問師傅：「這些工人是自願的嗎？」師傅說：「他們都是在單位做事的，有薪餉可領。」「這條路呢？誰都看得出來，只要一下雨，路面就會崩塌的啊。他們不知道嗎？」說話都得經過深思熟慮的師傅說：「誰知道呢？」

鐘點時間，車隊停下來，男左女右，我們各自找地方蹲下來尿尿。我發燒，只好把毛巾弄濕覆蓋在頭上，回車上休息。有兩個遊牧民，在山坡上放牧羊群，看見車隊，遠遠地涉過草原上的小溪朝著我們的方向走過來。我們從車上拿出餅乾、肉乾分一些給他們。經過珠穆朗瑪峰自然保護區哨站，冰雪覆蓋的喜馬拉雅山聳立眼前。

青海的草原／一眼看不完／喜馬拉雅山／峰峰相連到天邊／古聖和先賢／在這裡建家園／風吹雨打中聳立五千年……

走出車外，自然哼出這首歌來。

胸懷喜馬拉雅山，我心裡想著，這麼熟悉的歌，過去在學校大合唱的時候，每每唱起來都會哭的歌，到底跟我有什麼關聯?這個問題困擾我很多年。

我家鄉的河流，大大小小都有名字，撒渡姑居住在河流的源頭，她是織布女神。撒拉法恩是照管人類出生的神，她唱歌造人，以及居住在撒渡姑下游的山裡，圍繞部落的山各有神靈居住，撒慕阿該、媽渡姑渡姑，居住森林的神靈，充滿各種神話傳說。

部落老人家要上山砍一棵樹，他會先稟報居住山林的神靈以及大武山的神，告訴他們，他將前往山林砍樹，並無冒犯之意。然後對著樹說，我把妳帶走是因為我要建蓋我的房子，我的家需要你當樑柱，好讓我的家人有遮風擋雨的地方。

小的時候，我是部落公認的聰明小孩，部落的人以為我在平地讀書生活，將來會很有作為。有一天，我按捺不住心中疑慮問老師：「喜馬拉雅山，為什麼叫喜馬拉雅山?它有大武山那麼高嗎?」

想不到老師就此認定我是無藥可救的笨蛋。

現在，終於親見她的廬山真面目，雖心中百感交集。哼完了歌，頭痛已經好多了，昏沈不再。

在朋友的工作屋前，整理田野資料。

下午，以人工渡輪的方式渡過雅魯藏布江，薩嘎也近在咫尺。

我們一到薩嘎，車隊直往第一間招待所開去。領隊下車接洽，住宿地點尚未解決，三個解放軍不知哪兒冒出來，師傅轉著方向盤尚未停妥，突然有一士兵抓著車門，頭伸進車裡問，你們負責人是誰。一種我非要不可的霸氣，司機好像見多了這種事情，眼睛也不看他一眼，不屑一顧地隨便指，在那邊。由於先前在樟木過海關時，有關人員的刁難，加上那三個軍人態度惡劣，心情上總覺得他們喜歡找麻煩。

坐在車裡看見領隊的表情，知道這家看來乾淨的招待所已經沒有房間。他轉而改到馬路對面的第二家招待所，車隊跟著他轉進來，那三個人緊跟著領隊不知道說著什麼。車子一停好，三個士兵當著領隊的面打開兩邊的車門，探頭往裡面瞧，車裡坐滿了人，可是，我們好像不存在似的。「這裡面還有位子啊！」他們說。「六部車都坐滿啦！」領隊說。

這三個人是要被調到普蘭，上面叫他們自己想辦法前往。他們堅持要坐吉普車，我們六輛車都坐滿了。他們不相信，每一部車都開門查看，完全無視別人的存在。

後來，領隊答應讓他們坐卡車。他們把原來坐在卡車前座的伙伕趕到後車棚上和貨物在一起。

青山村創作獎盃。

招待所很舊，房間裡溢散著一股奇異難聞的味道。一進門，小郭就吐了。我們將艾草點燃燻燻整個屋室，好讓空氣舒坦些。

晚餐沒有胃口，我到廚房要熱水，泡了一杯羊奶薑茶。

薩嘎看起來是個繁榮的縣城，有電話、郵電局、招待所、理容院、有跑步的解放軍、飯館、商店，是個補給必需品的好地方。

有人發現有東西可買，跑了出去，我卻寧願躺在床上給自己熏肚臍。那裡也不想去，連大夥在帳篷裡喝湯吃菜都引不起我的注意。

屋裡摻雜著各種難聞的味道，屋外頭茅坑的味道……不清潔的水，讓人一點胃口也沒有。這時倒是想到酒，入藏的第二個晚上，竟然是酒讓我不舒服的身體得到一點慰藉。

洗完臉，刷了牙，便早早入睡。

來義村豐年祭，釣魚竿趣味競賽，穿著雲豹皮的薩剌巴，悠揚而高亢的歌聲，夜晚，常令我陷入一場深長的思念。

8月13日 薩嘎／帕羊

（帕羊海拔4608米）

昨晚一闔眼就睡著了。夜半隱約聽見木門被風吹得「砰砰！」響，實在太睏，蜷曲著身縮在睡袋裡，沈沈入睡。睜開眼時，屋內仍是一片昏暗。感覺自己好像睡了很久，眼睛張得很大，精神飽滿。我自睡袋裡爬起來，黑暗中，小郭輕聲問我，是不是要到外面。我說是。她拿手電筒陪著走出屋外。

我們蹲在卡車後方一塊長草的空地上。冷風四處竄起，帳篷裡傳來伙伕來回走動的腳步聲和說話的聲音。抬頭仰望，驚見夜空星辰滿布。

這真是上天特別的禮物。星星很低很低，彷彿是一隻隻雪亮的眼睛在看著我，我蹲在4500公尺的薩嘎，以最原始的姿勢和星星相望。

巫師說：「星星圍繞著圈圈跳圈舞，在某個時刻，有一顆最閃亮星星出現。那是撒布勒南頭戴著羽飾帶領他的男友們加入圈舞。再在某個時刻，又會出現另一顆閃亮的星星，那是巫娃凱身著傳統服，頭戴羽飾帶領她的女友們加入圈舞。他們是一對戀人，只有在跳圈舞的日子才會相見。當人們看見閃亮的星星，知道是撒布勒男和巫娃凱相見了。」

對過去的人而言，看星星不只是看星星，除了預測天氣外，也是一種自我情感的投入吧！那一次，巫師說完故事後，熱鬧的聚會，突然陷入一片沈靜。片刻之後，她才又天真浪漫地訴說著美麗動人的愛情故事。

這個已經快被我遺忘的故事，讓我想起那位充滿智慧，帶我認識排灣族的生命、死亡和宇宙觀的巫師，以及那段說故事的日子。

我時常在台北的夜晚停下車來看星星，也曾經在巴黎、西班牙、挪威、威尼斯、瑞士等地仰望星星。然而，眼睛看見的，只是點點星辰。

冷風颼颼，我和小郭縮著身子回房間，再次回到溫暖的睡袋裡。

七點鍾，副領隊敲門叫起床。

早餐很高檔，有稀飯、高麗菜、豆芽、炒肉、炒蛋、土司、巧克力醬、果醬和花生醬。

吃的少、睡的飽、精神好。這是我入藏這幾天來身體對自己的告白。因此，我給自己的早餐配方是，一杯熱羊奶薑茶、紅井天、維他命C和大量的水。

放行李到車上時，二號車師傅小田坐在我們三號車的駕駛座上發動車子，同時與師傅商量著什麼。我問師傅，我們要換車嗎？他笑笑說：「沒有。」小田則害羞地轉頭說：「我和你們師傅換車，我來開這部車好不好。」他雙手握著方向盤轉呀轉的。我有點訝異，問師傅：「為什麼不開自己的車了？」

小郭把行李揹來車上，聽見小田說的話，連忙說：「不好，我們不要換師傅……」然後說了一堆玩笑話，說師傅是不是嫌我們這一車的人不好，師傅笑笑說：「不換車，開玩笑的。」

小田離開駕駛座，一言不發地走了。

因為要適應高山，領隊提議讓我們先走一段路之後再上車。幾天都沒有活動筋骨了，我們都樂於接受這個建議，出發前，我把毛巾弄濕覆蓋頭上，好讓發燒的頭保持降溫。

我們一身輕裝離開招待所，陽光乍現，清晨的寒氣已漸暖。沿途看見薩嘎街上的商店，晨起的藏人、跑步的士兵，這裡是我昨天到達的地方呢！睡了一夜，今天才看見它。呼吸空氣，兩腳踩在土地上，走著走著，心中有一種很實在的感覺。

路的兩旁，一邊草原的延伸，是喊口令操練的解放軍，另外一邊是藏族悠閒無爭的生活，幾名藏人正合力建蓋一棟新房，牧羊人放牧羊群，有人站在屋頂上高唱著藏族的歌。近在呎尺，分隔兩個世界。

走了二十分鐘，我們休息片刻又坐上車，開始車上旅行。

吾艾由伴娘扶坐在轎子上。

雖然是平坦的土石子路，車子卻在跳躍中行進，有幾次車子會出奇不意地衝向路邊打滑。一號車師傅開車如奔馳的狂馬，往往在天邊不見蹤影。偶爾在轉彎處看見追趕於後也被甩得遠遠的二號車。我們這一車的司傅也不追也不趕，他開車很穩、很謹慎，完全符合他沈著冷靜的個性。他常在休息時間把車子清理乾淨，顯然是個愛車人。他這樣開車，其他四、五、六號車也只好規規矩矩跟在後頭。

車行約一個多小時，師傅突然開了金口：「糟啦！怎麼發生這種事。」我們回神隨他的目光往十一點鐘方向看去，一輛吉普車翻覆在路邊，東西散落一地，看了令人觸目驚心。

這是幾號車？誰在車上？心頭一陣慌亂。

是小田開的二號車，車上有黃醫師、阿明、海源、曉慧，他們有兩人被列為「心臟病患」，所以有醫師隨侍在側。他們爬窗自行脫困，人員平安，只是受到驚嚇。曉慧是車上唯一的女生，看到我們來，忍不住抱著小郭哭泣。

領隊和師傅們合力以繩索綁在卡車和吉普車上，再以拖拉的方式把四輪朝天的吉普車拉正，一邊觀看的我們給了這一幕小小的歡呼。有人在地上散落的行李中發現牛肉乾，小熊說那是海源私藏的，每個人都知道海源被醫師禁吃零食，那包牛肉乾就名正言順的被大家分著吃。

車子前面的擋風玻璃全毀，車頂也撞凹了。小田發動車子，在我們的目光中慢慢開走破爛的車。回去的路一樣艱難，只有風和不穩定的天氣陪著他了。他會不會感到孤單呢？萬一路上拋錨怎麼辦？

「小田會修車吧！」坐在車上，我問師傅。這幾天來，我發現小田只找他聊天說話。會啊！應該會。他淡淡回答。好像剛剛沒有發生什麼似的。

小田是個漢人，聽說，之前是公車司機。上級規定跑這條線需配有一個名額給漢族。藏族師傅跑這條線路，一年之中少說也有兩三回，幾年豐富的開車經驗，對這條路可說是瞭若指掌。他們熟悉汽車性能，經常利用休息時間檢查車輛。在這貧瘠的路上，補給又缺乏，師傅懂得汽車性能很重要。

我們重新整隊，安排座位之後，出發。

這條西行的路上，村落不多，道路又都是溪流沼澤滿佈，崩塌的路面，車隊都以硬闖的方式穿越河流、泥濘和沼澤，有些橋樑可通行，但遇到正在修建中的橋樑，車輛必須穿越湍急的河流。

有時行經沙地中，風沙狂掃，完全看不見前方。緊閉的車窗，人坐在沒有冷氣的車子裡，彷彿置身烤箱，氧氣不足又十分悶熱。

行駛了幾十公里，廣漠荒野，看不見一個村落，一個人影也沒有。台北的擁擠，人們想要獨留空間給自己，西藏的大，讓人想要拉著別人的手來補足空間。眼睛不能看，呼吸難過。好長的一段路，沒有人說話。阿如要我唱一首族裡的歌來聽聽，我望著窗外，想了很久，一首歌也哼不出來。車裡的五個人又陷入無聲的昏沈之中。

不知道過了多久，路上終於看到一個人，蓬亂的頭髮像枯乾的野草，那個人坐在地上修理腳踏車。

渺無人煙的大地上，我有我的方向，你要往何處去。

晚上七點，天空仍然是亮的。

像電影〈龍門客棧〉，黃沙滾滾中，眼前突然出現土磚泥圍牆，牆上塗著紅字「修理配件」車子轉進圍牆，看見「犛牛旅館」。

「犛牛旅館」是以土磚建蓋的房子，屋簷上裝飾著傳統的藏族圖樣。一個房間放滿六張床，五個人的行李一放，剛好填滿剩餘的空間。到廚房要熱水，辮子盤在頭上的男子，用不太靈光的普通話說：「去那邊拿。」離去時，我特意朝他頭上的紅纓多看了一眼。它讓我想起，排灣族被視為傳家之寶的禮刀，我在部落時，看見過頭

檳榔、小米、鮮花以及族人的祝福，新娘吾艾由父親引領進入會場。

目從百寶箱裡拿出來的一把禮刀，刀鞘配掛一束紅色的毛髮，頭目說那是從荷蘭人的頭上割取下來的。

當那名男子說：「去那邊拿」，我的肩頭上感到一股涼意。

我和曉慧提著臉盆穿過廣場到另一門房，屋裡有幾個著傳統服的男人喝著酥油茶聊天，他們前頭的爐火燒的正旺，我們向他們要熱水，穿西裝的年輕人開玩笑似的，要將酥油茶倒在臉盆上。「我們要熱水。」累了一天，笑不出來。男子走向爐子拿起水壺倒在曉慧的臉盆，只給一點點。走到外頭，曉慧將臉盆一放，襪子就丟進去洗了，我看了傻眼。「這得之不易的熱水，可以拿來擦臉擦身體和泡腳，最後再洗襪子。」我這樣和曉慧說。

「我也不知道啊！」她露出一張無辜的臉。

每個人提著臉盆紛紛來要熱水，有人將置放門口的洗臉盆拿起來說要熱水，穿西裝的男子立刻過去，把臉盆收起來。我往井口邊看著極深的井底，準備晚餐的伙伕們提著水桶過來井口挑水。恰巧印度朝聖團回程中，夜宿這裡。兩批人馬統統要水，還是印度人有本領，她們不但洗澡，洗好衣服，還大方方地將濕濡的衣服掛在人家的晾衣架上了。

天色漸漸昏暗，我站在屋外以濕毛巾擦去身上的塵埃，隔著透明玻璃不時與屋內的老婦人點頭微笑。

師傅們好像是這裡的常客，他們一坐下來，主人就為他們倒酥油茶，他們安安靜靜地啃著風乾犛牛肉、喝酥油茶。幾個男人圍坐一張桌子，一小時、兩小時過去，沒有笑話，沒有高談闊論。

晚餐，我泡了一杯黃豆粉。

我們所到之處旅店主人都會奉上酥油茶招待師傅們，這到底是什麼味道，強烈的好奇心，讓我從睡袋裡爬出來，走到廚房。廚房裡，伙伕們正熬煮一鍋羊肉爐，看起來十分美味。我回絕他們的好意，我不吃肉，我說，我想要一杯酥油茶。伙伕倒一杯給我。極鹹，喝了一口就還回去。

半夜，突然胸口發悶，吸不到空氣。我睜開雙眼，四周一片漆黑。我以為自己置身在密閉的黑箱子裡，就要窒息而死。我自睡袋裡掙脫出來，踢掉襪子、褲子、脫掉上衣。坐在床上按壓腳指，自行急救。

闇宥靜寂的屋室，記憶之流，令我毫無招架之力，排水倒灌，淹沒我。

我曾經差點溺水死去；翻落過山崖，被砂石車掉落的石頭砸過腦袋；在海邊被海浪捲走……種種恐懼的經驗，在心臟突然停止跳動的那一刻，鮮明的浮現腦海。

我閉著雙眼，驚懼之中已汗水淋漓。

腕上的夜光錶指針指在凌晨兩點，透過窗口微弱的光，我望見暗藍天際。野狗狂吠，冷風撲打著窗口，淅瀝瀝地下著雨。這裡是西藏，廣大無垠，死亡，如影隨形。

我記起家鄉，在迎亡靈的儀式中祭師撫慰生者的吟唱。我輕輕開啟我的口，以吟唱的方式來安慰我的靈魂以及我遠方的朋友和家人：

「我是答德拉凡家的孩子，我對你們感到抱歉，為的是我這個人沒有好好學習愛人，沒有盡心盡意愛家人和朋友，我生前愛批評別人。我對不起大家，請你們以不氣餒的心情來包容我。」

祭師千年傳唱的歌，就在靜靜的夜裡，我在心中不斷吟唱，直到曙光來臨。

文樂村的六年祭，右邊是巫師，當時已九十高齡。

8月14日　帕羊／瑪旁雍措錯湖

今天是部落豐收祭的頭一天，族人一起灑掃和整理村落的環境，下午集體到墳墓清掃。

天空很藍，雲朵很大。望不盡的山脈、風沙、烈陽、沼澤。

過了一條河，前方烏雲越來越近，遠處下著雨，空中揚起的風沙像巨大的簾子從天邊垂下。天幕下，一切都變得渺小，大自然的神奇創作讓人歎為觀止。

才一個轉彎，穿過烏雲又回到烈陽天。

平原上不斷有牧民的孩童跑出帳外向車隊招手，那樣子，就像小時候在部落的上空看到直昇機時興奮地脫下帽子、衣服向著天上甩動。

「嘿！飛機飛機。」

我那時候想，機上的人長什麼樣子？聽得到我叫他嗎？他看得到我嗎？他想著什麼？若是他下來看到我，會不會說：「你這黑小孩，到底有沒有洗澡。」

若我停下來看看這群孩子，我會不會說：「你這髒小孩，怎麼不洗澡。」

路上不時有大篷車經過，車上是男女老幼的藏族。有的兩三部卡車停在溪水邊的草原上，草原上一大家族的藏民在郊遊。草原上有奔跑的孩童，有人炊煮，有人紮營，有人坐在毯子上一副和樂融融。司機說：「他們是轉山的回途中。」風大，紫外線極強，車外的人穿著厚袍子，每個人都曬了一張蘋果臉，一群孩子蹦蹦跳跳地從山坡上跑下來揮手，他們的快樂和嘻笑聲立刻感染了車上的我，我伸出手來向他們揮手。

車子爬升到五千公尺的高原上，海源吐了，海源入藏以來，一直不能適應。他腸胃不好、心律不整、頭痛、發燒。平日身體強壯，如今日漸消瘦、面容憔悴。醫師只讓他吃少許的粥和水，現在又吐，我們不得不為他擔心。醫師給他吃了些藥之後，車隊繼續上路。

車隊在無盡的道路上前進，風沙飛揚，前不著路，車窗關緊，又陷入昏沈、躁熱之中。

下午，終於看見瑪旁雍措湖。車隊翻越海拔5216公尺的馬攸木拉山口之後，我們進入被稱為「世界屋脊之屋脊」的阿里地區，車隊繞行巾幡和瑪尼堆三圈後，直趨開向瑪旁雍措湖邊。天空下著細雨，草原上有無數朵藍白的姜塘小花，我站在車門外寫字，毫不知覺師傅站在身後，看著我的筆記唸：

「天空很藍，雲朵很低。」

晚上九點半，天際是一片深藍的顏色。無盡的深藍，讓人好想回家。無垠的天際，遼闊的大地，如此被深藍的色彩渲染。迷路的孩子，想要回家。真的好想回家。車隊仍然在風沙中行駛，我望向窗外，一切都變得好遙遠、好遙遠。

吾艾的母親與姪女小蜻蜓。

8月15日　瑪旁雍措

昨晚十點多才到達位於湖邊的招待所，一片漆黑加上電力不足，什麼也看不見。清晨起來開門，眼睛為之一亮，天空下浩瀚的湖泊，碧波蕩漾，充滿靈秀之氣，這就是傳說中的聖湖了。

吃過早餐，我們走到湖邊，面對聖湖作五體投地大禮拜，祈求轉山平安，祈禱家人健康。並且以聖湖水沾洗眼、耳、鼻、舌、身。據說，聖湖水能洗盡人們的貪、嗔、癡，慢、疑和疾病。洗畢，我們把台灣帶來的風馬旗掛在淺灘處，並將身上物品、金錢、當作供品拋入湖中。

我們繞湖疾走，三十分鐘左右，曉慧體力不支突然昏倒，兩位醫師留下照顧，我們繼續繞湖。

藏族一向有湖中洗澡的習俗，前來朝聖，繞湖一周的人，如能在湖畔浴門淨身，不但消除疲勞，還能消除罪過。

聖湖也稱瑪旁雍措湖，藏語中「措」的意思是湖，「雍」是音譯，意思是湖水的顏色如松石色般美麗，「瑪旁」則是「不敗，無人能敵」之意。這個名字的由來是十一世紀左右，西藏宗教面臨一場激烈的交戰，葛舉派與黑教兩派相互角力，最後代表佛教的葛舉派獲勝，為了紀念此次勝利，葛舉派便將湖名「瑪要措」改為「瑪旁雍措」，即為永恆不敗之湖。

瑪旁雍措湖位於西藏西部，座落於岡仁波齊東南方。它由岡底斯山的冰雪融化而來，面積約四百平方公里，形狀為一橢圓形，北寬南窄，似一倒立的鵝蛋，是印度河與恆何的發源地，也是世界海拔最高的淡水湖。

關於繞湖的習俗，藏人有著另一個美麗的傳說——關於母親與孩子的故事。很久以前，在湖的東方有一個國家，國王有著美麗的妻子與兩個可愛的小孩，生活幸福美滿。但這種平靜滿足的日子並沒有維持多久，皇后在一次危急狀況下病逝。臨終前，她要求將遺體扔至湖中，並親手將一對可愛的法鼓交給孩子們，告訴他們，遇到危難時，就到湖邊使勁的搖響這對法鼓，那麼神就會保佑他們。國王便依照妻子的意願，將其遺體放置湖中，並將此湖取名為「扔母湖」，即為「瑪旁雍措」。不久國王被一個女鬼變成的美麗女子所吸引。女子假裝重病在床，並佯稱需要吃王子與公主的心才能治好她的病。國王經過痛苦的掙扎，最後為了救治女子，表達自己的一片真心，便捉拿王子與公主。王子與公主驚嚇中連夜逃出，後來記起母親的話，倉皇中奔往湖邊，而國王也追到湖邊。繞著湖，他們使勁的搖響法鼓，所有的希望都緊緊繫於法鼓上。國王眼見要追到時，突然出現一位黑衣騎士，抵擋住國王的人馬，兄妹倆也就安全的度過難關。

從此以後，兩兄妹就沿著湖邊一直繞，搖響著他們的法鼓，一邊轉湖，一邊呼喚著他們的母親。

聖湖的故事讓我想起巫師，巫師十指交纏抱於膝上，我看見手指、手背上紋身的人形圖紋，在歲月中縐褶也模糊了。

她說過，在她第一次月事來的時候紋身的，紋身代表的是階級的象徵，也是一種身體的美觀和成年的標誌，巫師說，在她完成紋身後，她的家人設宴慶祝她成年。她的雙手腫得連吃東西都要有人餵食才行。

我握著她的雙手把玩著。

「妳要不要學習成為一個巫師。」她說。

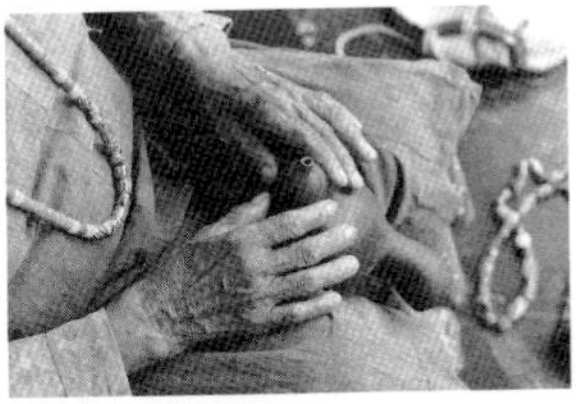

巫師和她的法器。

神靈喜歡的人才能成為巫，巫師曾經唸了一段古語，然後解釋說：「大武山的神坐在雕刻著人形圖的石椅上吃著檳榔，他往下看，看見他所喜歡的人。他在樹上一摘，摘下了Za-u給他所中意的人。」

她小的時候，神靈給過她三個Za-u，一次是在庭院掃落葉時，突然砰——一聲，什麼東西掉落，她拾起一顆圓石般的果實給父母看，父母立刻知道是怎麼回事。有兩次是在田裡拔花生的時候，跟先前一樣，Za-u突然從天上掉落下來。

當時的日本警察，一直認為Za-u是巫師自己趁人不注意的時候自己投下的。巫師在部落的地位崇高，深受人們愛戴和信任，日本警察卻認為她們妖言惑眾，不斷在暗中秘密注意著巫師的言行舉動。

「妳會，妳開始在吟唱了，這不是每個人都做得到。」

「是這個厲害。」我指著錄音機說。「妳的聲音，通通被它抓到它的裡面。」

她把耳機拿在手上，傾著身將耳機湊近耳旁，我按下PALY，她突然咯咯咯笑起來。

「一毛，一毛。」她把耳機當麥克風，孩童般玩耍，叫著她為我取的小名。「一毛一毛，妳在那裡。」她看著身旁的我，哈哈大笑。

巫師的家門永遠都是開啟著，尋常的日子，她總是身著傳統服坐在走廊上吃檳榔、串珠子。

那天清晨我出現在她眼前，她一如往常，「哇～～」一聲，然後，露出老奶奶慈祥的笑容，伸出右手把檳榔袋放在我腳前。

「妳來得正好，我正準備去杜鄔的家為她解夢。」

溫煦的陽光，照在庭院兩旁的檳榔樹上。空氣中充滿了沾著露珠小野菊的清香味道，巫師搗檳榔的小杵臼已擱置一旁，我把檳榔放入口中咬碎之後拿給她，她說：「這就是為什麼我們需要一個健康的子孫。」說完，她把檳榔放入口裡，苧麻袋背在肩上，走出家門。我回頭把門關上，「保持我在的樣子就好。」她說：「門沒關，沒有關係。」

我們朝著斜坡走上去，八十三歲了，她穿戴髮飾、琉璃珠，愉快而開朗地與每一個人打招呼。

「我近來時常作夢，夢見琉璃珠不見了。我不知道，究竟是什麼在削弱我們家族的力量。」杜鄔阿姨面對巫師說。

巫師兩腿夾著葫蘆，葫蘆光滑的肚腹上手指搖晃著小葫蘆。

「大武山的神靈，居住在聚落扎拉阿地阿的祖靈，來自遠古的家族長老、智者，引信靈的球網拋向空中，刺球者的竹竿爭先蜂擁刺向，指引那隱而未現的事、秘密的事，光滑剔瑩的圓石毫無痕跡，請為我們解開迷霧。」

巫師吟唱的曲調低迴幽怨，聽來是因為思念而有些哀傷，背後卻深藏著一股沈穩的力量讓心靈沈靜下去。

小葫蘆停。

巫師說：「妳的問題是什麼？」

杜郇說：「我要問喇路ㄅ，他是基督徒。我時常夢見他，尤其在我喝了酒之後，我看見他站在家門外。他在平地的水溝裡意外身亡，他是意外死亡所以沒有帶回我們婚後所建立的家，他應該回到他出生的家和他的家人在一起。」

巫師搖著葫蘆吟唱：「來自中間的扎拉阿地阿的家族之靈，在路中的枉死，那避而不見的、疏遠的，是阻隔。」

葫蘆停。

巫師：「他同意了，我們希望他能怎麼做。」

杜郇：「我是信仰排灣族的傳統宗教，我一向是排灣宗教的追隨者，這是我心底的

來義村豐年祭，面向祖靈的方向，手持連杯，共飲。

意願，你是否願意接受這個事實，並且接受你妻子、孩子們的信仰，你在世時，我的心一直是信仰排灣的古老宗教，而今你已離開我們，回到你出生的家和你的家人在一起……」

巫師：「我要和你談談，你是否因為信仰的關係沒有和你的母親、兄弟在一起，回不到你的出生地扎拉阿地阿家族，所以你希望能跟他們在一起，這是我要說的。」

葫蘆停。

巫師又繼續搖。「我要再問一次，不能隨便了事，要讓你和母親、兄弟在一起，還是你要與他們分開，你心底的意思如何？這是我要問的，你要分別，還是追隨你扎拉阿地阿與家族同路。」

葫蘆停。

「他要和父母、兄弟在一起。」巫師說，事實的真相是喇路ㄅ要回他出生的家扎拉阿地阿，要和他的家族、母親、兄弟在一起。

杜鄥以雙手抹去臉上的淚水，「我知道了。」她哽咽地說，「我知道喇路ㄅ心底的意思了。」我把咬碎的檳榔遞給巫師，巫師用右手抹了一把臉，不同於吟唱時的莊嚴面容，她又回復為慈祥的老奶奶。她把檳榔送入口中，對著杜鄥和她的家人說，「有了真相，我們知道怎麼面對，心裡的擔子就要放下來，酒，也是要節制地喝。」

杜鄔點點頭。巫師安慰死者的靈魂，同時也安慰生者的心靈。

那年，我從台北返家做田野調查，篤信基督教的頭目帶著我和幾位朋友上山，路上經過廢棄的舊聚落，聚落被廢棄的原因，是這裡曾經發生一名少婦因為難產死亡的事件，過去婦女在家難產死亡，家人就要廢掉家屋而另覓新地建立新家，家名同時要更改。日據以後，則改為只需把婦人躺過的石板丟棄即可。

更早以前，部落若有人惡死（意外身亡）或難產死，巫師就在祭祀屋裡作儀式，所有人都要離開部落，集體到部落上方的山林裡。然後由巫師在祭祀屋外起火，當煙霧直達天空，巫師高聲呼喊：「歐～～」一聲，部落的人就聚集到祭祀屋外，點燃火把，拿著火把各自回家，把家中所有大小水缸裡的水全部倒掉，重新注入新水。

當時這個小聚落沒有巫師，於是住民帶著家當搬離。

少婦難產死亡的家屋已成斷垣殘壁，幾株盛長的棕櫚樹下有數片散置的石板，樹幹上纏繞垂掛的葛藤，看上去十分陰森。

頭目說，不久前，有一隻獵狗誤闖，一回到家就斷氣了。

我們在距離十公尺的地方蹲著，頭目放低聲音說話，誰也不敢趨近。

來義村老人玩的陀螺。

我們沿著山路繼續往上走，眾神靈的居所——峭壁都有一洞口，頭目說那是神靈抽煙斗的地方，他說不準是哪些神靈的名字，但在巫師的祭詞裡我約略清楚那些地名和神靈所在地，就像她說「扎哩蒡恩的神靈」，我知道她所指的就是這條氣勢磅礴，猶如無人之境的深山幽谷。

在深不見底的綠色水面，峭壁上有一條小棧道，據說是日本人為了開挖深潭地底的礦物而開鑿的，開挖不久，日本人一個個得怪病死亡。因此保住了這條河流免於破壞。

頭目起先以草籐纏繞著頭，「不讓神靈看見我。」他說：「小時候，父親教導過我的，為了不要驚擾神靈，最好以草籐把自己遮蓋起來，然後以蹲姿快速通過。」

我既不戴草籐，也不蹲下來。

傍晚，吃過飯後，夜晚來臨。滅掉營火，我們各自回帳篷睡覺。

風自遠方唰～～唰～～吹過來，落葉飄落，棚外我聽見一夜未歇的腳步聲，踩著地上的枯枝草葉，繞著帳篷來回不停地走。

身邊的人已經熟睡，我睜著雙眼，一夜未能眠。

下山後我告訴家人，他們有些失望，也有些驚訝竟有這種工作。「你這是什麼專門闖進叢林給鬼找上門的工作，」阿姨說，「你當時應該起來唱聖歌給他們聽。」

我的登山鞋、衣服、身上一定散發著泥土混雜野草腐木的氣味，年輕女人該有的胭脂味在我身上完全走味。表姊撥弄我額前的髮：「向你的親戚們訴說吧！你在台北做的是什麼工作，臉上皮膚為什麼都白不起來，台北沒有漂亮的衣服可穿嗎？」

同樣的事，我告訴巫師。她只看了我一眼，然後哈哈大笑。「走在不同路徑的人，當然不能為人指路。」她說，「你聽說過一隻老鷹會跟母雞說，哈！姊姊，過來跟我一起飛嗎？」然後巫師又說：「我們在那邊的祖先，已經很久沒有看到人類了。看到你這個排灣人當然高興，多少年了，沒有人造訪過那裡。」她拉長了音，強調流逝的歲月，埋在荒煙漫草中被後代子孫遺忘的部落。將近四十幾年了吧！

居住在大武山的創造神，坐在綠葉蓊鬱的榕樹下看著山下的人民，他身後寧靜的湖泊，魚群自湖中跳躍，有外侵者從他身邊走過，他感到孤單害怕。

我問：「神怎麼會孤單和害怕？」

因為它的人民背離了他。巫師說：「我們的傳統信仰已被外來的神所取代，人們離原來的世界越來越遠，他們不知道自己是誰，知嘛ㄙ我們稱為神，外國人的神也借用我的話講他們的神是知嘛ㄙ。」

有兩個外地人，每天到我這裡來傳教，他們對我充滿憐憫，這是他們對我說的話：

「你相信的那位神，是撒旦、魔鬼，你身上穿的百步蛇繡文是罪惡的源頭，人類就是受蛇的誘惑才犯罪。」我這樣回答：「朋友，我就是神。從我的祖先以來，百步蛇就是我們的同伴，我們的朋友，我們既不傷害也不獵殺。不要忘記人類跟自然是合一的，禁忌是教導人們懂得向大自然學習和謙卑，不是接受另一個信仰，然後丟掉自以為在生活中綁縛你的禁忌。等我走了，誰來引領人們回家，與祖靈相見。」

「你是排灣族人？是嗎？」巫師問我。

我點點頭。

回台北之後，整整四個星期不能睡覺。白天不管多累，一到晚上，閉上眼睛歌聲就傳進耳裡，歌聲悠遠而深長，似吟唱又好像在呼喚。我害怕夜晚的來臨，整晚煩躁不安。日復一日，除非把自己灌醉。

朋友半逼半哄，把我帶去精神科。

醫生開口第一句就說：「妳是阿美族！」他胸有成竹，非常相信自己的判斷。

我睡不著，我說，我在山上闖入禁忌之地，回來就不能睡了。

「你相信嗎？」醫生說。五六名學生站在身邊很用心地抄筆記。

我搖搖頭，希望趕快結束，「不相信。」我擠出笑容。

對啊！醫生乾瘦的臉，對我露齒而笑。他說，現在是什麼時代了，你是讀書人，你只是缺乏營養。

身旁穿白衣的學生，埋頭在筆記本裡，刷—刷—刷—地速記著。

醫生開了紅色小藥丸。

一個月之後，我回部落。巫師告訴我，自從我們上次上山回來之後，頭目生了一場大病，在醫院住了幾天。這件事情，全部落的人都在流傳。

我跟巫師說，當時頭目是很小心謹慎的，並且當天傍晚，他堅持留下我們在山上，自己持著火把先下山回來了。

「他心裡先是害怕了。」巫師淡淡地說：「躲藏，哈哈，那麼深的悲傷在裡面，往那裡躲呢。我仍然是過去人們所相信的巫師，創造神仍然是亙古以來存在於大自然庇佑人民的神。」

我望著遠方，沈默不語。

「一毛，一毛。」她說。「你去了哪裡？」

「我就在這裡啊！」

「空的。」她用一種怪異的眼神看著我：「夢不好可以解決，你的夢是空。」她說，「有一個人，跑去曙努得河釣魚，他口中一面唸著咒語，呤呤呤，一面垂釣。天色漸漸昏暗，一天就要過去。他一條魚也沒有釣到，那是為什麼？原來他用殘破的布衣作釣餌，魚群在漂動的破布裡悠游、嬉戲。

「集中，不管你的呼吸（生命）遇上什麼問題，集中你的氣息，不要白費力氣。」她挪移小板凳，「來，我們把它叫回來。」她把口中的檳榔放在手上丟入垃圾桶裡，抹了一把臉之後，兩手抱住我的頭，口對著我的頭頂哈氣，然後對準我的耳朵呼喊，「哦～～哦～～」她呼喊著：「在冬季，埋葬深底的枯枝腐葉，起來，清晨的陽光出現了；裡面的人，醒起來，醒起來。」

我望著眼前連綿不絕的山巒，層層相疊。山巒盡頭，火紅的夕陽就掛在那裡。巫師問我：「要不要學習當巫師？」我笑著回答：「沒有天上掉落za-u下來，我那裡是神靈所喜歡的人。」她露出整齊的黑牙，哈哈大笑。

我終究沒有說出看醫生的事。

有人說，聖湖代表有形的母親，是光明的力量。湖面無波，天鵝悠游，萬籟無聲，靜謐神秘。藍天白雲，皚皚雪山，彷彿置身仙境。

巫師的法器，人形紋的削骨刀、小葫蘆和天上掉下來的ZA-U。

同伴們有的在湖邊解衣換上泳褲，準備下水。
聖湖淨身，是旅行中沒有的打算。小郭月事來，要把泳衣借我。
陽光雖然不大，紫外線的照射極其強烈。
寒風吹拂，湖面漣漪蕩漾。湖畔觀湖，小郭再次問要不要借泳衣，我欣然接受了。
找到一處可遮蔽的地方，我脫下外套，一件件褪去包裹著身體的名牌。
赤裸著身，驚見自己黝黑而健美的身體。我一直是這個樣子呢？還是因為置身在大自然明亮的境地，是如此相襯，合而為一。站在聖湖旁的這個女子，如一名士兵，卸下武裝後才發現來自自身原始的力量，原始的美。
我穿上泳衣，奔向湖畔，沙粒和石子刺痛腳底、指間，我卻像隻松鼠回到熟悉的林間雀躍著。

面對浩瀚煙波，向諸佛菩薩行禮，潛入湖中，心中釋然。

據說聖湖水能治療各種疾病，湖邊的石頭可以帶來幸運和健康。我一路走走停停，低著頭撿拾幾塊石頭裝在口袋裡。有人用保特瓶裝水，也有人將沙子裝滿水壺。在台灣就聽說過聖湖裡的魚可捕來吃，因此，有人特地帶來了撈魚器具。但是，司機們卻異口同聲地說，他們禁吃湖裡的魚，除非聖魚自己從湖中躍於地面。否則，藏人是不捕撈的。

黃醫師和阿明孩子似地撩起褲管，在淺灘處撈了幾條小魚過乾癮，小魚銀亮剔透。

大家欣賞完了，臨走前，再將牠們放回湖中。

中午，體貼的伙伕送來中餐。地上鋪著帆布，我們坐在湖畔用餐。

身後是座落在山崖上的即烏寺，風中飄飛的巾幡，陽光下色彩豔麗。餐後，我們沿坡走向風景如畫的寺廟。

年輕喇嘛帶著我們參觀，阿明看見牆上掛著的魚乾，喜出望外地以一百元人民幣向喇嘛收購寺裡的聖魚。

參觀完即烏寺我們爬上寺頂拍照，高處俯瞰整個聖湖，又是一番不同的美麗景致。有人指著山峰，「你們看！神山出現了。」遠方的烏雲已散去，神山終於和我們相見。

神山峰頂覆蓋皚皚白雪，如族中長老般沈穩，陽光下壯麗而肅穆。在群山之中以遺世獨立之尊，與聖湖遙遙相望。

與神山相較，四周山川，一如仰歎的我們，渺小如一顆沙粒。

我們紛紛以神山為景拍下美麗的畫面，拉醫師緊張地叮嚀大家不要坐在圍牆上，以免被風吹落山底；陽光強烈，波浪般一陣一陣襲捲而來的風勢更猛烈。

印度的行政長官聽說也去轉山，要在這家招待所住一宿，我們只好搬到鄰近的即烏村。卡車將我們的行李先載到小村，參觀完即烏寺我們便往小村走過去。

兩個晚上，我們夜宿小村，有兩件令人愉快的事，一是可以洗溫泉澡。另一是招待所來了兩名訪客。貝馬基準和多吉，兩個光頭小男孩，五、六歲吧！還沒上學堂，「你叫什麼名字？」，這是他們剛學會的普通話，逢人便問，「你叫什麼名字？」

我和小郭抱著換洗衣物，心情愉快地來到聖湖畔洗溫泉。溫泉分男女池，木板隔間，每間都有一方形水泥池，據說這裡原本只是簡陋的池水，後來是由外國觀光客出資修建而成。洗溫泉採收費制，一個人二十元人民幣。

小郭將洗髮精、洗面乳、保養品依序排列，她說：「我們要以洗SPA的心情來好好享受。」是啊，提到洗澡，我們疲憊的臉上都充滿笑容。

頭頂上，天空湛藍，白雲朵朵。溫泉水很溫，小郭問我要不要泡到水池裡，我以乾毛巾擦拭頭髮，剛好看見管線吐出來的水夾雜碎石和青苔，挑剔的話，這裡並不乾淨，可是想想聖湖畔溫泉本含多種礦物質，而且這裡是西藏，能洗這樣的澡算是無上福份。小郭也這麼認為，頂上白雲散去，氣溫驟降，小郭噗通跳到水池裡，我則提著洗滌乾淨的衣物匆匆躲回房間。

沐浴完畢，接近傍晚，廚房喊開飯，大夥聚集到廚房去了，我仍然沒胃口，嚼完一根小黃瓜後，便坐在床沿上發呆。房間幽暗，窗戶是封牢的，六個女生一間，散放的行李剛好佔滿整間房。招待所只提供蠟燭和被褥，門邊的小桌子上，立著燃燒一半的白色蠟燭，我應該起來點燃它們，而我卻什麼也不做地望著那兩根房客留下的白色蠟燭。

兩個小光頭，松鼠似的悄悄地倚著門邊對著陌生人笑，一會兒消失，你以為他們走了，一會兒又站在門邊對你傻笑。我想起背包裡的情人節巧克力，我抓起背包，把兩盒巧克力送給他們。

「你叫什麼名字」我問年紀稍大的男孩。

「多吉。」男孩露出象牙白的牙齒，害羞的答著。然後指指身邊矮他一個頭的小光頭，「貝馬基準」他說。他們看著彼此，露出天真笑容。

多吉撕開巧克力的鋁箔紙，自己先嚐了一小口，一片餵到貝馬基準的嘴裡，貝馬基準不需動手，像個小鳥一樣張開小嘴就有東西餵到嘴裡，兩人面對面，你一口我一口的嚼咬著巧克力。

有一片碎屑掉在多吉的衣領上，貝馬基準撿起來送到多吉的嘴裡。多吉笑了，貝馬基準也跟著笑了，我頓然驚覺，眼前的小倆口，好像是恩愛了好幾世的夫妻。

巧克力吃完，過一會兒，兩人從外面雙手捧著一堆小石頭進來，放進我的手掌心，一溜煙跑出去。

第二天早上，多吉出現門口，看見我，一樣是潔白的牙齒害羞的微笑。

「貝馬基準沒跟你來。」我話一說完。他「啊！」一聲，突然想起被遺忘的東西似的，張著明鏡般雪亮的眼睛，轉身就跑，待我走出房間，看見天真爛漫的兩個人，手牽手蹦蹦跳跳前來。

「我們去洗臉、刷牙。」我對他們說。

我們三人手牽手，沿著下坡路面奔跑到河谷邊的溫泉地洗臉，溫泉主人從裡面接了一支管線出來，流出來的溫泉水供行經的路人漱洗。貝馬基準盯著我的洗臉用品，我捻乾毛巾為他洗臉、抹乳液，他都欣然接受，多吉則害羞地搖著頭。

貝馬基準長的很纖細，細眉、小嘴、瓜子臉，身穿藍底花色的袍子，腰束著小細帶。

我們回到招待所，同房裡的姊妹們請他們吃糖果，吃完糖果，兩人就像昨天一樣跑開，回來時，雙手捧著石頭進來，每個姊姊都收到這份禮。小石頭光滑漂亮，有紅的、白的、黑的。

我把它們裝進空罐裡帶回台灣，滿罐的石頭，滿滿的多吉和貝馬基準的祝福。

海源的健康狀況沒有好轉，吃下的稀飯，全吐出來，女友小菲忍不住哭著要他振作。普蘭行程臨時取消，改由鬼湖畔靜坐。中午，車隊驅車前往鬼湖，坐在鬼湖畔靜坐冥思。由於紫外線直接曝曬，回來之後同房的姊妹們出現頭痛、身體不適的現象，尤其覺得沒有燈光的房間有一股怪味，充滿晦氣。只有我適應這個味道，一種古舊的、從泥地上散溢出來的奶油味。

我幫阿金按摩時正巧黃醫師來房間借火，看見床上一個個喊不舒服的病號，知道原因之後，他由第一號病人阿金開始，黃醫師按壓阿金的左腋下穴道，阿金淚水奪眶而出，她說她看見過世的阿媽，然後，她放聲哭泣著，將壓抑已久的情感全宣洩了出來，站在身旁的我們也流著淚。娜妹、小郭、小青都有不同的痛壓點，小房間哭叫聲不斷，也充滿著相同的溫情和笑聲。

黃昏，我坐在山坡上，望著河對岸的白色建築村落，此時，炊煙裊裊，夕陽映照在蜿蜒的河面上，景色十分秀麗。多吉悄悄坐在我身旁，靜靜地望著遠方。我知道，我的心情是因為多吉和貝馬基準的陪伴而特別開朗。

第三天早上十點鐘，我們再度到烏即寺參觀，並且禮拜蓮花生大士的腳印。多吉也跟來了。他熟悉寺內的動線，主動在前頭領路，熟練的轉動經輪，我跟在他的後頭，發現我沒有轉動經輪，便拉著我的手，要我跟著他轉經輪。

多吉的家就在即烏寺必經之路，貝瑪基準、這裡的山、聖湖以及即烏寺，這一切就是他的童年。

離開即烏寺我們來到聖湖邊的山坡上繞行經幡和瑪尼堆，多吉也默默跟在隊伍中撿石頭。面對聖湖同心合力堆起瑪尼堆，然後，每個人輪流跪在瑪尼堆前許下三個願望。

臨走時，突然刮起一陣寒風，我想起遺忘在即烏寺裡的外套，我站在山坡上望著高立崖上的即烏寺，多吉站在身旁和我望著相同的方向。

「多吉，我要去即烏寺拿外套。」我指著他的絨布紅外套說，「我的外套在那裡，忘記帶來。」

他露出白牙點點頭，小手牽起我的手。

「你要跟我去。」

多吉裂齒一笑，一副「當然陪你去」地看著我。然後，先我一步奔跑過去。

「好，我追來了。」我張開雙臂，迎風追去。

天空很藍，雲朵很低很低。好像爬到山頂一伸手就可以摘下來放進口袋裡。

我們從山坡上一路奔跑，經過他的家，他仍然賣力往前奔跑，並不時回頭對著落後的我笑。「多吉，」我說，「我沒有高山症了。你看我，居然和在平地一樣，能跑能跳，一點都不喘，胸口也不悶了。」

多吉露出天真的笑容，我找到了什麼，放聲大笑。

我穿起外套，手牽著多吉的小手往即烏村，貝瑪基準的村落。

離開的時候，我將隨身攜帶多年的排灣族筆袋和藝術家朋友的一支筆，戴在多吉的頸項上。我寫下他的名字，告訴他，將來上學了，這枝筆可以寫字。

他點點頭，微笑裡多了一種堅定的眼神，彷彿告訴我，他會珍惜。

車隊引擎聲轟隆隆響，我從車窗外回頭看著那溫柔而勇敢的小男孩，他安靜的站在門前，那間三天前我們初識的門前。車子照編號依序開走，貝瑪基準姍姍來遲，站在多吉面前撫摸著多吉胸前的筆袋，多吉指著我，車子開走，我向他們揮手，沒有說再見。

我自睡袋裡爬起來，黑暗中，小郭輕聲問我，
是不是要到外面。
我說是。
她拿手電筒陪著走出屋外。
我們蹲在卡車後方一塊長草的空地上。冷風四處竄起，
帳篷裡傳來伙伕來回走動的腳步聲和說話的聲音。
抬頭仰望，驚見夜空星辰滿佈。
這真是上天特別的禮物。
星星很低很低，彷彿是一隻隻雪亮的眼睛在看著我，
我蹲在4500公尺的薩嘎，以最原始的姿勢和星星相望。

天空很藍，雲朵很低很低。好像爬到山頂一伸手就可以摘下來放進口袋裡。

我們此行主要目的地是到阿里地區的聖湖和神山轉山。嚴格來講，我們這支隊伍沒有人對登山或探險有豐富經驗。除了我和阿金曾爬過玉山、奇萊山，其他團員都是「我很喜歡山，也很想去爬山，可是都沒什麼時間的類型。」（前頁）

藏人的生活風景。（右）

藏地女子，耳朵上戴著傳說可僻邪的青松石。

這是路上的一户民宅，看見他們，讓我想起旅途中的旅店，沒有熱水供應，沒有衛浴，只有一間可以沖水的廁所，屋子後面還有一條河。

寺廟內的轉經輪，一旁安放著犛牛角，這讓我想起多吉。

我在即烏寺參觀時，熟悉寺內動線的多吉在前頭領路，熟練地轉動經輪，我跟在他後頭，他發現我沒有轉動經輪時，會拉著我的手，要我跟著他轉經輪。

尋常百姓家的窗前一景，堆滿雜物。犛牛角與香是比較容易辨識的物品。（前頁）

轉山的人們。
有的人什麼事都不幹，就是每天不斷地繞著神山轉，一直轉一直轉。
因為某種緣故不能轉山，而花錢請人轉山者也有。（右）

行三步一跪大禮的虔誠女信徒。（左）

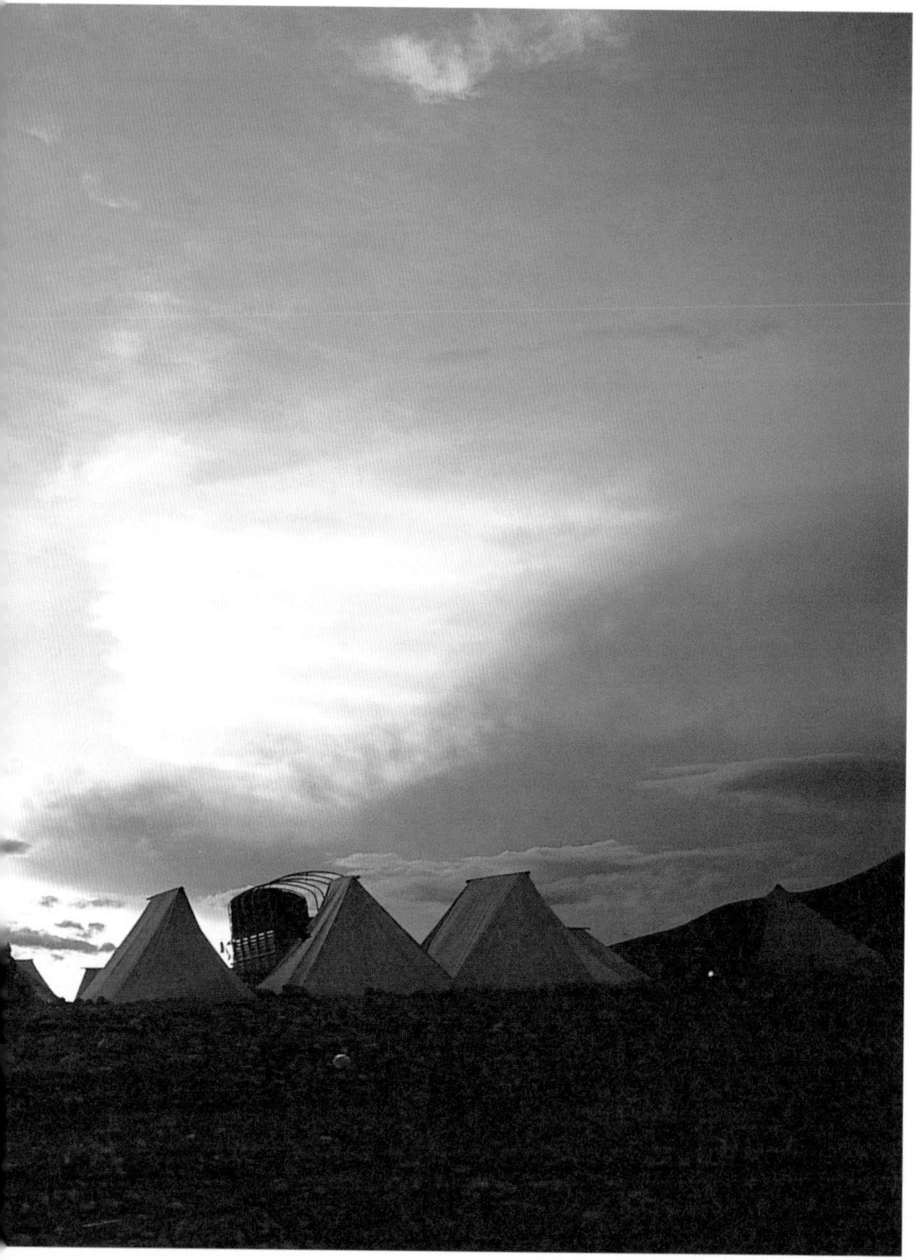

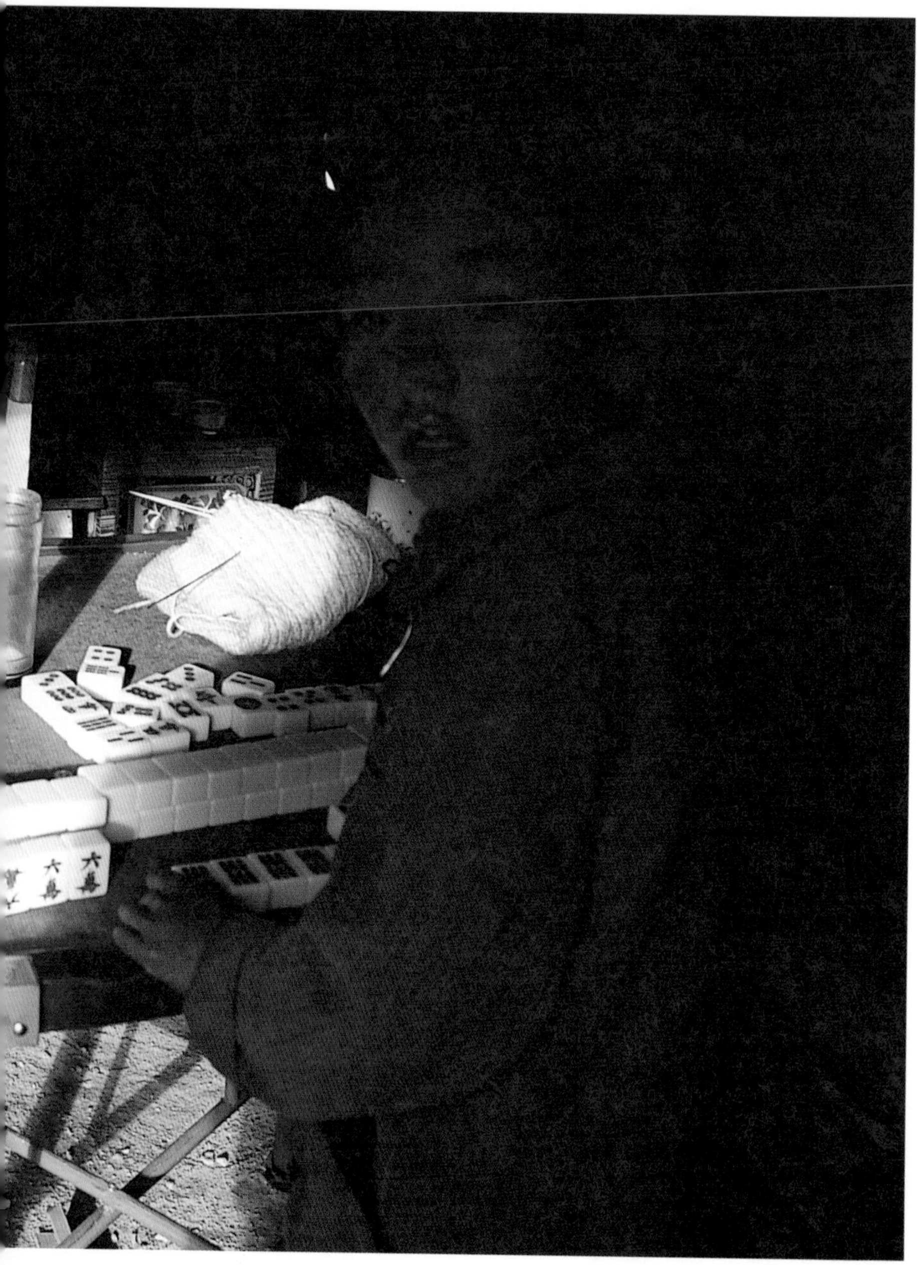

「你叫什麼名字」我問年紀稍大的男孩。「多吉。」男孩露出象牙白的牙齒，害羞的答著。然後指指身邊矮他一個頭的小男生，「貝馬基準」他說。他們看著彼此，露出天真笑容。（前頁）

轉山途中處處可見的犛牛角堆。（右）

轉山途中遇見的藏人，除了被鏡片遮住的雙眼比較白，其他部份都被晒得很黑。

巾幡 鷹羽

8月18日 神山之路

離開小村，不多久經過一個軍營，所有的車輛都得停車檢查。在西藏這個廣大的土地上，容易讓人有一種想像，想像自己是一匹自由自在的野馬，狂奔在山野裡、草原上。然後躺仰在大地，對著天空大聲呼喊「這是我的。」但事實上，在這裡崗哨總是離你很近，而且是以一種很不搭調的方式存在著。說明這個地方現在由中國軍隊看管。

我坐在車上想要閉目冥想，眼睛卻又好奇四周景物而睜開著。擋風玻璃前是依序排列的車輛以及在檢查站辦證的師傅們，右窗看見的是軍營，門的兩邊還站著兩名配槍的士兵。我從師傅座位的窗口，眺望平靜的草原以及遠方的山景。

我安靜地坐著，腦海突然想起曾經在一本書上讀到，為了抵抗中國軍隊的入侵，一九五一到一九五九年西藏人民保家衛國，抵抗中國軍隊的入侵，在廣大的草原上、叢林裡展開無數場的激戰，為數不多的藏人，在這場游擊戰鬥中血染成河、死傷慘烈。藏人的裝備與組織訓練根本無法與中國相比，節節敗退到西藏的西部。讓我這不曾經歷過戰爭的台灣排灣族後裔，讀來都會不寒而慄。

幾天前，我親眼目睹一位年輕的武警對一位老藏民大聲怒罵，只差拳頭沒有捶下去。年輕的武警以藏語怒斥，我不清楚他的語言，可是他那憤怒的眼神中有著輕蔑和理所當然的頤指氣使。他對待藏民，就好像在對待貓狗般。老藏人像一隻溫馴的羊走開了，我的目光停留在那張卑屈、黝黑而善良的容顏上，因為苦難，我的心中受到巨大的撼動，頓時心緒也複雜了起來。

「媽你個戻」，派出所主管對婀ㄈ大罵，他的大嗓門驚動了寧靜的住家。婀ㄈ雖貴為部落的頭目，但是婚姻不幸，先生除了喝酒鬧事就是吵架，她忍受很久。在無法自己解決的狀況下，她想求助派出所的主管，希望透過他們的力量能幫幫她。到了派出所說明來意之後，主管不但沒有幫忙的意願，還冷嘲熱諷、破口大罵伸手要摑掌。鄙夷的嘴臉說出「妳這種事還要來派出所……那是你們的家的事……啊，一定是妳對你先生不好，他才會打妳。」那一巴掌被婀ㄈ擋回去了，在震驚傷心之餘，她不甘示弱地罵回去。她能開口回罵因為她是頭目，一位平民的婦女是連派出所的門都不敢踏入。這次事件很快就被部落的人知道了，對於存在於部落的派出所，除了原本的厭惡感外更加深了大家的恐懼。

「媽你個戻」，是我第一句學會的漢語。派出所主管也就順理成章地被叫成媽你個屄主管了。

我站在窗口回答大人的問題，然後把背包打開讓兩個奉命檢查的士兵翻查。「其實我們也不想這麼做，他今天是幹嘛！」兩位士兵對著大背包嘟噥著。之前他們口頭詢問過我，有沒有攜帶CD或禁書之類的東西，我說：「沒有！」他們就放我走，走了三步，背後突然一聲斥喝聲，我回頭看見被挨罵的兩個人也正朝著我看，我向他們走去，卸下背包讓他們檢查。

在風塵交雜的空氣中，我忍不住又問師傅一個敏感話題：「你支持西藏獨立嗎？」師傅經過很長的思考之後，這麼回答：「你問我西藏的事，我可以告訴你，平常沒事的時候，我習慣上茶館跟朋友喝茶聊天。去年，我和幾個朋友在茶館喝茶，當時電視上正轉播世足賽，當大陸隊輸球的那一刻，有人大聲歡呼叫好，公安隨即進門把人帶走。你一直問我，西藏人民支持西藏獨立嗎？我只能這麼告訴你，我們現在生活得很好，我們的心是支持達賴喇嘛的。」

中國太大，西藏獨立史，在異族滾烈的慾火中被燙得血肉模湖；排灣族卻在日據時代就被燒得焦黑難辨。

下午三點多鐘到達搭青，先前明光和黃醫師早幾天來此探過，回報的訊息是有商店、有洗澡的地方、廁所鋪磁磚，還有山東餃子館以及賣包子的。說得好像這個地方是可以逛大街，應有盡有的城市。當我們的目光放在一座漆著紅色字體的建築物，歡喜地唸著那六個大字「洗澡一次十元」時，嚮導報來一個消息說，昨晚有一名轉山的印度人死了，今早才送走，同時不能洗澡，因為此地無水供應，閃亮亮的廁所磁磚也髒得嚇人。原來，眼前所見的都只是幻象而已，全都是心裡的投射。

當大伙討論與其住在有跳蚤和不清潔的招待所裡，不如搭帳篷睡在自己乾淨的睡袋時，卻聽說當地規定搭帳篷要錢，而且圍牆外禁止搭營，若執意這麼做，就得被罰錢。

五點鐘，突然被告知緊急集合，我們在招待所前排排站，領隊站在平台上以直接命令的語氣宣佈明天的轉山行動要分成兩組；一組轉內圈，一組轉外圈。轉內圈的這組由他親自帶領，轉外圈的是我們這組，有導遊和藏族醫師帶領。現場的氣氛突然有種不尋常的冷漠。這完全與我們在台灣時說的行程不同，離家千里，隨時可能面臨危險不安，缺乏諮詢的對象，這一切我們都還能忍受，但現在卻是有一種在緊要關頭，兄弟姊妹被硬生生拆散的感覺。而我們又正是那群被丟下的孩子。在台灣的說明會上，領隊曾信誓旦旦，不管發生什麼事都要與我們同進退。

為了安全理由，我們轉外圈這組，有八個人租下犛牛。這一趟轉山的行程是四天，計費方式是租用犛牛三天，還要額外多算一天的錢，一天一百二十元，一共是四百

青山村的婚禮，宴席過後，族人跳圈舞祝福新人。

八十元人民幣。

「沒有租犛牛的人，在轉山的路途上若體力不支或走不動，如果想要騎隊友租下的犛牛，還是要自己再另外掏腰包付費。」小郭解釋了一次。

「犛牛會認路回來。」領隊說：「讓你坐犛牛的理由是，萬一你在路途上受傷或走不動，坐在犛牛上，犛牛會把你帶回來。」

這座山有這麼危險嗎？回想在台灣曾經爬過的大小山，仍然無法想像，怎麼樣叫危險？腦海裡倒是浮現一個人掛在犛牛上，奄奄一息，孤孤單單的樣子。

我向黃醫師借了錢，仔細地把四百八十元人民幣算好，收進口袋裡。心裡面因為掌握住了身體而充滿自信，我相信心靈的力量是可以抵禦外在環境。

娜妹和小青自願留下。

翌晨，九點吃早餐，出發時間預定十點。餐前我已經把轉山必備的行李打包好，吃完早餐，我背靠著背袋，坐在床上閉目養神。一會兒，有位穿西裝的男子進來，從胸前掏出一顆綠色小石頭，說是幸運石，便宜賣給我。

我跟他說：「這麼好的東西，你自己留著吧！」

人剛走，進來兜售天珠的婦人，她們是兩個、三個，或一群人湧進來，即使知道那是玻璃製的天珠，她們仍然相信她們口裡說的是真的，而且可以便宜賣。我不買，沒錢買。她們站在身旁，不厭其煩地說：「這個好嗎？小姐。」

「對不起，我想靜靜。」我說完就闔上了雙眼。

「這個好嗎？你看看嘛！小姐。」她們乾脆將手上的飾品掛在我身上。

我只好離開屋子，到處晃來晃去。

剛好碰見別間房裡剛轉山回來的香港團，我向他們打聽山上的情形，從他們口中得知，山上的氣候很不穩定，下雨又下雪，非常冷、非常冷，很艱苦。一個年輕小伙子說：「你看，我穿這雪衣，到了晚上抱著睡袋睡覺還是很冷。」

六十多歲的老先生說，他走到心臟快不行，走不動了，犛牛工還不肯讓他騎犛牛，因為他並沒有租犛牛，幾經哀求，才讓他坐。

「這條老命是撿回來的。」老先生說。

被分散的這兩組人彼此擁抱、加油和打氣之後，分道揚鑣。我們將馱運給犛牛的大行李集中，等了老半天不見犛牛的蹤影，馱負行李的犛牛也無人聞問。導遊說犛牛會在後面很快的趕上我們，他說這話的時候已經是十一點多鐘了。我們揹起隨身背包，頂著熾熱狠毒的太陽，開始轉山之路。

我的背包有三瓶水、口糧、雨具、大外套、個人藥品以及黃醫師託付的艾條和藥粉。他在尼泊爾傷到腳踝，我向他學習一些簡單的推拿和按摩，成了他的實習

文樂村六年祭，巫師與為數不多、信奉傳統宗教的親族在祖靈屋前合影。

學生。

高山空氣稀薄，是適應上最大的難題。一上路便知道平時有沒有善待自己的身體，垃圾食物是不是吃太多。開始時，每走五步都備覺艱辛，呼吸和心跳的頻率不一致，我們用力喘氣，一小步一小步，走走停停。除了難耐氣候的炎熱，我正慢慢適應中，我發現少吃多喝水的重要性，我們靠大量的喝水和補充維他命C來維持體能和增強體抗力。

「找一個陰涼的地方休息一下吧！」不知道誰冒出這句話，雖然很平常，聽在耳裡卻直想哭出來。

黃土漫漫，滿眼荒谷，光禿禿的山，沒有長出一棵樹。豔陽直接曝曬，就快變成烤箱裡的烤雞了，照這種情形，彷彿人走著走著就會變成一塊塊的人肉乾。

在我的心跳和腳步開始順的時候，烏雲來了，冷風吹過來，雨，急急的下。脫下來的衣服、手套、口罩，一件一件給穿上了，把所有裝備穿在身上，烏雲卻過去了，豔陽普照大地。

不知道走了多久，我的腰椎和膝蓋的舊疾隱隱作痛，我喝掉兩瓶水，吃掉兩包餅乾，肩膀卻越來越沈重。

「犛牛怎麼還不來。」攝影師麥克背著攝影器材不勝負荷地在後頭觀望。身強力壯的男子，平常扛機器沒有什麼大問題，這裡是西藏，海拔四千多公尺，一時之間誰都會難受。導遊是拉薩來的達瓦，一路上，是一派輕鬆愉快地吹著口哨。

我們向他呼喊時，他正站在山坡上，對著巾幡拍照。等他走來，台灣的導遊問他：「犛牛怎麼還不來？」

「對啊！怎麼還不來？」這是所有人的疑問。

達瓦說：「我跟他們說了，快到了。」

我們頻頻回頭，五十次裡就問了三十次：「犛牛怎麼還不來？」當導遊回答七次一樣的話：「我跟他們說了，快到了。」的時候，我才在心裡想，導遊一直是跟在我們的前方拍照、看地圖。沒有手機，天空沒有飛鳥，更沒有風箏，他怎麼跟他們說的呢？是經過巾幡和瑪尼堆的時候用心電感應說的嗎？

我們揹起背包又繼續前行。每走一段，回頭一望，「涼山情歌」的歌詞：「走了一步，眼淚掉下來……」，真是我們心情最佳的寫照。

四點多鐘到達黃金河岸，河水清清，碧草如茵。我們在青草地上紮營，麥克說要親自下廚炒一道台灣口味的菜，我們孩子似的歡呼起來。忘了犛牛，忘了疲累。

伙伕們快速搭起綠色大帳篷，並且在下游搭兩個方便帳。我坐在草地上望著峽谷，陽光在山的另一邊出現，有一半被山遮住，眼前的高山峽谷，便自然形成了「陰」、「陽」的強烈對比。峰頂積雪的神山，陽光下雄偉的聳立著。在草地上欣賞美麗壯觀的景色，令人陶醉。

新娘的姪兒，小陶壺充當花童。

8月19日

壹

天還沒亮，帳外已有卡車經過的聲音，有牛群的哞叫聲，鈴鐺叮叮噹噹響，人聲、歌聲、鳥叫聲和笑聲。我側身凝聽。

直到聽見河邊伙伕的挑水聲，才睜開眼看看腕上的手錶，清晨六點。走出帳外一看，轉山的人潮已是漫天漫地了呢。

趁太陽未出來前，走到河邊漱洗，濕毛巾擦臉時，像是千萬隻螞蟻嚙咬般難受。回帳篷我讓小郭看看我的臉是怎麼回事。「啊，你的臉曬傷，破皮出水了。」，她說。難怪！昨天臉頰不斷有黏液滑過。小郭拿出蘆薈露在我臉上塗抹，臉上刺痛的面積分布在雙頰，以及眼睛四周。很奇怪，小郭細嫩的皮膚絲毫未受紫外線傷害，「為什麼？」我問，她笑咪咪地打開化妝包，展示她的保養秘方。保養品、保養步驟，完全傾囊相授。兩個女人坐在帳篷裡，一面討論保養品，一面在臉上塗塗抹抹，就這樣少說也在臉上抹了五層保養品，最重要的一項，也是不能缺少的，乃是價格最便宜的凡士林，這是最後一道程序，抹上凡士林，終於大功告成。

吃飽飯，我沿著溪邊散步，青青草地上，犛牛低頭吃草。一坨犛牛糞落在溪水邊，我的眼睛亮了起來，河水漂過的草地上，好幾坨犛牛乾糞呢！這是我們昨天和今晨吃飯喝湯刷牙所使用的水，我朝帳篷那邊看，看見同伴、看見伙伕，我忍不住哈哈哈笑起來。

七點鐘，我們拔釘收拾帳篷時，看見吉林在河邊挑水、洗滌鍋盆，在帳篷、河邊來來回回奔走，一副幹活勤力拚命的勁兒。在帕羊的犛牛旅館汲水時，他用英文問我是不是中國人？我回說，我是台灣人，不是中國人。當時我並不知道他是負責我們這個團的伙食工作人員，他幫忙我把面盆裝滿水，然後急急忙忙地提著水桶穿過廣場送到廚房，來回好幾次，我後來發現，長途跋涉做伙伕的工作，真的不是一件簡單的工作。坐在卡車上和貨物擠在一起，最早起床，最晚吃飯和休息。

昨天，我們在草地上紮營時，看見他和二廚往下游的地方搭方便帳，走回綠色帳篷，把一箱箱礦泉水從帳篷裡搬出來，外面的麻袋再一個一個搬到帳篷裡頭。不多久，他走出來，坐在草地上脫下帽子很用力搓揉著右腳，我過去問他：「是不是腳痛！」他說：「腳痛，頭也痛！」他說這話很令我好奇。「你們也會頭痛？」我說。「會啊，我們西藏人也會頭痛啊！」我幸災樂禍笑起來：「我以為只有我們台灣來的才會頭痛耶，原來你們也會頭痛。」我捲起他的褲管，揉壓他膝蓋下方的足三里穴，他哇啦啦大叫。「有那麼嚴重嗎？」我說。他露出痛苦的表情：「很痛！很痛。」待我燃點艾草，為他燻灸時，他又一次哇啦啦慘叫。

小時候，部落沒有醫生。我的玩伴陳梅花的腳踝在跑步訓練時候受傷，她每天跛著腳上學和練跑，腳踝從小石頭變成像拳頭那麼大。在我們家玩耍時，被父親看見了，父親抓著她的腳看，叫陳梅花坐在地上，吩咐三個大人圍在她身邊。然後腰上繫著山刀就不見了，才一會兒功夫，父親手上拿著一些藥草、相思樹葉和剖半的竹子出現我們面前，他在地上起火，將摘來的草藥放在手上搓揉著，塗抹在陳梅花的腳踝和腳背，然後在火苗上迅速揮動手上的相思樹嫩葉，再拍打患部。父親拔出山刀將竹子削成薄片，陳梅花一直保持著她跑步時的勇敢和堅毅的態度，畢竟她是全校跑步最快的女生，獎牌掛滿了她家客廳。

父親把竹片尖端對著紅腫的腳踝，一手握著木椿在竹片的一端敲了一下，深色的血溢流出來；移換一個部位，第二次又敲了一下，血慢慢流出來，突然陳梅花淒慘的叫聲劃破了寧靜的天空，迴盪在山谷裡。老人、小孩、歐吉桑、歐巴桑都圍過來，我抓著她的手，默默在旁，流著同情的淚水。父親含了一口米酒，噴灑在患處，可以了，父親說完。大人一鬆手，我的朋友就像隻從陷阱掙脫出來的山豬似的站起來，衝出人牆奔跳著，口中一面「啊……啊……啊……」地叫喊，一面繞著她家跑，所有的人都笑歪了。

黃醫師說，第二次世界大戰，日軍戰敗逃跑的時候，倚靠的就是燻灸足三里穴才能跑得動，燻到腳爛、流膿，他們仍然跑得很快。他吩咐我，每天至少要燻腳。但是啊，我們最大的問題卻是發燒、頭痛。

吃過早餐之後，導遊要我們先走，犛牛會趕上。

散布在山丘上的犛牛靜靜地在吃草，昨天在犛牛行列中的小男孩已不見蹤影。昨天我看見他牽著犛牛經過，他小小的個頭，穿著一件大男人才穿得上的西裝褲，一隻手牽拉著犛牛繩，另一隻手放在腰際上，緊抓著隨時要掉落的褲子，和犛牛工頭說話時，太陽曬紅的臉上總是笑咪咪。

犛牛工在上游附近搭營，他自麻袋裡拿出一件藏族外套，穿在身上，破舊的衣服、褲子，全藏在裡面了，看起來既乾淨又漂亮。他打扮著要上那兒？我好奇地盯著他

親戚給我的平地友人的親吻。我們早已相識，只是在今生，你在那裡，我在這裡，層層山巒阻隔不了我們相遇。

不放。因為陽光的照射，他瞇著眼和騎在馬背上的犛牛工頭說話，然後他拿著麻袋走向綠色帳篷，來到吉林身旁，他彎著腰，露出象牙白的牙齒笑嘻嘻地對著吉林說了些話，吉林蹲在地上忙著手上的工作，不想搭理似的，小男孩笑嘻嘻地離開了，手上揮著空麻袋，軟綿綿的空麻袋。

我問吉林，小男孩是不是來跟你要東西，吉林嘴裡發出喃喃低語，我一句也聽不懂。那小小的身影，走過低頭吃草的犛牛，走過黃金河岸，朝向峽谷中，轉山的人們。後來，再也沒見他出現在犛牛隊裡。

近午，仍不見犛牛的蹤影。

神山在峽谷中出現，我們對著神山作三次趴伏的大禮拜，並依照藏人的習俗，經過巾幡以順時針方向繞行一圈。

到處是被任意棄置的石雕，石雕上刻著六字真言，雕工十分精美。

小雄的頭痛時好時壞，拉醫師讓他服用了「高原安」之後，他豎起大拇指，學電視廣告俏皮地說：「『高原安』有效。」每個人被他逗得哈哈大笑。沒多久，特效藥失去藥效，整個人像被戳破的氣球，有氣無力地癱在石頭上。

繞完巾幡，我坐在石頭上，眺望著陽光下土黃色的蒼茫。

犛牛依然不見蹤影。隊友散坐在地上，倚靠著石頭閉目養神。

驟然颳風，我們以石頭擋風，仍然不敵四面八方的刺骨寒風。烏雲籠罩，叭答叭答地下起冰雨。

不要等犛牛了，導遊催促我們上路，以免受到風寒。

我們戴起口罩，穿上雨褲。才走一步，烏雲飄過，又回到豔陽天。

先前提過，原先沒有分組的計畫，分組之後，因為路線不同的關係，轉內圈那一組不需要用到犛牛，所以旅行社安排背馱行李和物品的十六隻犛牛全都歸我們轉外圈這一組，加上個人租下的八隻犛牛，加起來一共有二十四隻犛牛。

終於，麥可興奮的叫著：「犛牛來了，犛牛來了。」皇天不負苦心人，十個人，二十隻期待的眼睛，望著前方浩浩蕩蕩的犛牛群和騎在馬背上，威風凜凜的犛牛工。這很像電影的場景，國王帶著皇眷、臣民向鄰近大國進貢。有人不禁搖頭大笑，難怪台灣人要被當成呆胞，村長一定是召集了村中所有的犛牛供我們使用，這下子「豪華轉山團」的封號，我們這群人當之無愧了。我們看起來就是「豪華轉山團」。

我坐在石頭上，置身事外地欣賞大峽谷中緩緩浮動著的龐大身影，心中想著，語言或文字在不同的民族各有不同的詮釋和經驗，我初次認識「租」這個字是在國小五年級的暑假到姊姊家玩，我第一次離開部落接觸平地人，有一天下午和鄰居們在樓下廣場玩躲避球，忘了怎麼開始的，有人說姊夫的房子是租來的，我不知道租是什麼意思，但是瞭解他們說的是指房子不是自己的。「怎麼可能，」我說：「是自己的啦！」高個子的男生說：「不是，我媽媽說是租的。」
一個人怎麼可能不在自己埋葬肚臍的地方居住呢？天空下，大地上的家，一定是屬於自己的啊。我想了想，然後大聲說：「怎麼可能，是自己的啦。」
過了很多年以後，我北上工作租房子，才真正瞭解和接受「租」在漢人社會的意義。有一年冬天，阿姨上台北深坑來看我，看著眼前茂密的樹叢和潺潺溪流，她嘆了一口氣說：「你『借』住在這麼濕冷的河谷裡，還要每個月花掉你的錢啊。」
我竟然不知道說什麼好。

犛牛工確實是把犛牛趕來了，一頭也不少，犛牛做了牠們該做的馱運物品的工作。
「我的犛牛呢？我自己花錢租下來的犛牛，應該要在身邊隨行才是啊！」每個人心中充滿這個疑慮。
台灣的說明會上領隊說得很清楚：「有犛牛隨行，身上的背包可以隨時卸下來讓犛牛背馱，走累了，就騎犛牛。」
然而，眼前所見，每隻犛牛都背馱著物品，我們另外再花錢租下的犛牛也沒閒著，統統有任務。
「整件事與我們所想像的完全不同，很不合理，我們租下犛牛之前，你應該要先說明清楚。」經理跟這位拉薩來的導遊理論。導遊的臉上表情看起來也不好受，他說：「我們每年開旅遊大會，每年在反應這件事、年年爭吵，他們這裡要這麼做，我們也沒辦法，他們說，在這裡只要不殺人，什麼事都可以幹。」

導遊生氣地對著犛牛工跟手下的人說一堆話，犛牛工一如犛牛的沈默，安靜地做著導遊所下的指令。唯一可乘坐的一匹馬，由年紀較長的台灣導遊安可坐上。

天空又佈滿烏雲，寒風襲來，導遊又催促我們先走。他們會將物品卸下，讓我們有犛牛可乘坐。

貳

我和拉醫師同行，問他藏人對死亡的看法。

拉醫師說藏人有四種葬法，一種，是活佛的靈塔葬，在塔內放一些珍貴的陪葬品，可供人膜拜。喇嘛為往生者誦經，並決定葬禮採用什麼方法及下葬的日期。天台上有一個專門解剖屍身的天葬師。另外一種，是天葬，這是將屍體運到天葬台，進行一些宗教儀式後，天葬師將屍體支解，用石頭把骨骼打碎和糌粑拌在一起給禿鷹吃，最後才是處裡頭骨和內臟。第三種是水葬，水葬和天葬是一樣的過程，這是病死的人才用的方法，水葬於魚群多的河畔，魚才會來吃。土葬，藏人不喜歡土葬，藏人不用棺材，只有死於天花或痲瘋病的人才土葬。這裡湖泊多，我猜這裡是採用水葬的方式。

「你們吃魚嗎？」

「不吃。」拉醫師說：「天台葬有一個很大的石頭，屍首放在那兒給禿鷹吃。天葬師將屍身剁成一塊一塊，禿鷹會下來吃。禿鷹啊，我們藏人講，年輕的會飛下來吃。老禿鷹啊，越老越飛不下來，牠會往上飛，一直往上飄飛，然後在天空中消失，沒見過牠們掉下來。」

拉醫師一口氣說了這些話，好像在說一則神話故事似的，很吸引人。

「現在還是嗎？」我說。

拉醫師和我戴著深色墨鏡，他思索的片刻，我們正同時以右手背擦拭鼻涕。

「現在還是。」他說。

「你看這神山附近的這些山都有名字，什麼名字，我倒是忘了，哈哈哈。」

「啊！」他指著我們右邊矗立於峽谷中的山說，「這山叫雙乳神，神奇吧！」

拉醫師和載運行李的伙伕們一起在薩嘎與我們會合，初見他時，那幾天他始終穿著西裝、黑皮鞋。到了瑪旁雍措湖的旅店，有一天早晨，我看見他嘴角叼根煙，神采奕奕地背著相機走向湖邊，就在拉褲袋時發現褲腳裡面一條棉質藍色運動褲的兩條白線，他從我眼前走過，沒有發覺我大清晨對著他笑，那動作和神情讓我想起山上家裡的老人家到平地時和他的穿著簡直一個模樣。

「我的家鄉有一座山叫大武山，我們稱大武山叫Kavulungan。」我豎起大拇指，跟拉醫師說：「大拇指的排灣話也叫Kavulungan。意思是山中之山，眾山之母。同時大武山也是創造神的所在地。」

「以前排灣族人沒有墳墓，也沒有棺材，若說是墳墓，那麼排灣族人的墳墓就在自家屋內。家人過世時，親人會在死者的額頭上親吻，表示對死者的告別，斷氣之後，在遺體未僵硬之前，家人會為死者穿上排灣族的傳統服飾，然後以曲肢葬的方式埋在家裡面。」我把背包放下，就像這樣，我雙手曲放在胸前，向拉醫師說明，兩腳膝蓋貼附著腹部成蹲踞的方式，然後再用大塊的布或毯子纏體固定住，這樣死者就像是坐著的姿勢一樣了。

「埋在家裡不會有味道啊！」拉醫師說。

「墓穴深三、四尺，裡面用石板圍著，底部有石板坐椅給死者蹲踞用，由往生者家族中的男子入墓穴，安放遺體和陪葬品，遺體要面向大武山的方向。然後，蓋上石板，石板上填土，之後再加石板，這樣就和屋內的客廳一樣平坦，守喪期過後，

來義村豐年祭，祖靈屋前。

家屋裡的每一份子，一如往常上山耕作，吃飯、喝酒。人們相信埋在屋室內的家人，他們身上所佩戴的鷹羽、雙腳所踩著的土地，如陽光的祝福照耀著家人，過去排灣族人有句話說：『我們的墳墓在那裡，我們的家就在那裡。』葬禮的儀式全由巫師包辦，人死後要透過巫師的誦咒來引導往生者到大武山與祖靈相聚，他們在那裡過著與現世族人相同的生活。他們會養豬，會去狩獵，會種植作物，也有豐收祭。所以巫師會分土地給往生者，好讓他在那兒有土地耕作。然後每五年會回來與族人相聚。過去，人們相信靈魂永遠存在於宇宙中庇佑族人。」

「你講以前，現在沒有嗎？」拉醫師說。

「日本人統治的時代，禁止許多傳統習俗，他們召集頭目，宣說這種死人埋在家屋裡的處理方法，既不衛生又迷信。強迫人民一律埋在指定的公墓。所以族人開始埋在外面，有的頭目很堅持要埋在屋裡，這些頭目的下場就會很慘，日本人會禁止族人納稅給這些頭目，到後來，他們的子孫擁有的頭目身份就不知不覺被取代。四十幾年前部落裡的公墓，還是會在上面搭建石板小屋給往生者，意思就像埋在家屋裡與親人住在一起一樣。

中國人來管理後，說要改變我們生活上的陋習，祖先留下的雕刻品變成落伍不潔的象徵，族人被鼓勵拆下屋內雕刻的橫樑或祖靈像，拿到派出所燒毀。信仰基督教之後，有人覺得曲肢葬太殘忍，『何不讓死去的親人好好的躺平呢？』所以，變成現在的處理方式——躺在棺材裡。」

說到這裡，我覺得，一輩子要說的話，好像已經講完了。

一個小男孩躺在路中睡著了，小鞋散置一旁，小光頭枕在泥地上，睡的非常香甜。多幸福啊！走累了，就在自己的土地上大睡，經過的路人也放心地繞過他身旁，我們站在他身邊端詳了兩分鐘，拉醫師決心開他玩笑，用枴杖戳了一下，沒反應，他又戳了幾下，然後說了幾句藏語，小孩一翻身側過去，曬乾的鼻涕，呼出深長的鼻息，拉醫師不想放過，又戳又笑，小孩睜開眼，大大的眼睛瞪了二十五秒，想起什麼，忽地站起來，抓了鞋子就往前跑。

拉醫師哈哈地大笑著。

隊友在後面向我們呼喊：「休息時間。」

我停下腳步，看著平易近人的拉醫師，謝謝他讓我說了這麼多話。

小郭拿著一塊布走過來，我們默契十足地往斜坡下走，拉開「遮羞布」，輪流尿尿。沿途我們都是靠「遮羞布」解決大小便。這個地方，大石頭小石頭，只要你認為可以蹲下來解決大小便的，都可以看見前人留下的遺跡。說也奇怪，面對風乾的大便，一點都不覺得噁心。

我們坐在山坡上休息，轉山的路人，一個個從眼前經過，藏人攜家帶眷，一副全家出遊的快樂景象。孩子們一路追逐、嬉戲。有位婦人披掛著袍子，露出嬰孩的頭，紅通通的臉，大大的眼珠，我向嬰孩拋一個笑容，婦女穿著藏服，頭綁著辮子，鞋面和披掛的披肩繡著鮮豔奪目的色彩，我深深地被這些顏色吸引。我很想走過去，握住老婦人的手，告訴她，我們認識，我們真的認識。同時，心裡十分明白，我在另一個世界遺漏了什麼。

死亡可有顏色？

我們排灣族是沒有文字的民族，當我還是小女孩的時候，我就擁有了母親親手為我刺繡的傳統服，兩隻蝴蝶，紀錄著我輕盈、健康的小腿。隨著一個人的生長、成年，生平事蹟、甚至是家族威望，全織繡在傳統服和頭冠上。當生命的呼吸不再時，家人會為你穿上，穿上這身美麗的圖紋與太陽日日隨行。

「死亡的顏色，是美麗的色彩。」

當我撫摸巫師的手背、手指上的人形文身時，她說：「這不單是一種階級的象徵，它也是一個記號。有一天當我要離開人世的時候，手背上的人形文會浮現出鮮明美

巫師的背袋。

麗的色澤。這是我回家的記號，我會準備好離開這個世界，回到大武山與祖靈相見。」

死亡的顏色是一種力量嗎？

一群部落老人堅持某種生活方式而凝聚的力量，受到現代社會的衝擊，仍然堅持著祖先留傳下來的，善的能量。

父親一再提醒的一句話：「如果我死了，你該怎麼辦？」是因為他知道我將要失去一切？

我在耕地小屋煮飯，蒼鷹在空中鳴叫，小屋外燦爛的陽光因為徐徐微風而削去一半的熱力，我以木匙攪拌著爐鍋上滾燙的飯粥，將野菜丟入鍋裡的飯粥攪拌，我只要一抬眼就看見蹲坐在一片片地瓜綠葉中忙著收成的奶奶。她有時唱著歌，有時對著手中的地瓜低咕幾句：「呀！小不點，你這個小不點。」然後就把一些發育不良的地瓜分類到另一邊。

「野菜全部放下去嗎？」我問奶奶。「嗚～～噫（是的意思）。」奶奶拉長了音，唱歌般回答我。「採野菜的老人，是你蘇立阿波奶奶，在清晨。等一下，你要親自

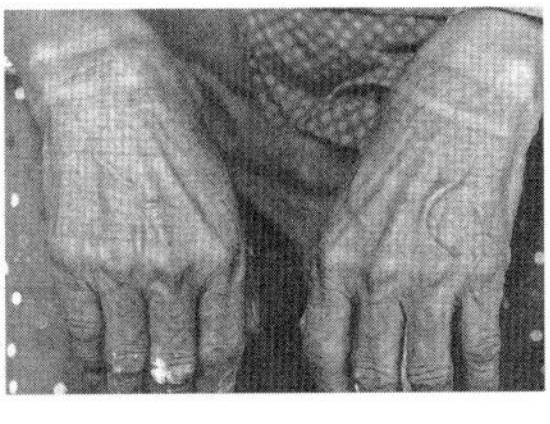

巫師紋身的雙手，她說，當她要離開世間的那一天，圖樣會浮現美麗的光澤。

帶一鍋飯粥到拉哥瑪凡家給蘇立阿波奶奶，這會令她非常高興呀！」奶奶一說完，部落口突然有人呼喊「歐～～」，我走出小屋，奶奶一臉驚愕地朝著聲音的來處張望。「那是什麼信息？」「歐～～」，聲音清朗而渾厚的傳進我們的耳裡「TUMA-U IZUA MACAI I INALANG。」（外面耕作的人，請回家，部落有人走了。）呼喊聲向四面八方傳揚。奶奶立即起身將竹籃裡的地瓜揹入小屋，熄滅薪火，飯鍋蓋上。「走，我們趕快回家。」她面色凝重地說。

我們在路上不用問便知道是拉哥瑪凡家的蘇立阿波奶奶過世。在自家中或在鄰近耕作的族人聞訊，紛紛趕往拉哥瑪凡家去。面對死亡的噩耗，每個人都非常沈靜，奶奶披掛喪布、頭戴喪巾，不發一語朝著拉哥瑪凡家的方向走。

「嗚～～我的朋友。」奶奶俯伏在地上，親吻蘇立阿坡奶奶的臉頰、額頭。蘇立阿坡奶奶的家人已為她穿上生前最漂亮的傳統服，蘇立阿坡奶奶躺在客廳的月桃蓆上，莊嚴而祥和地閉著雙眼。

奶奶的右手握起她的左手，萬分不捨地望著身著美麗的盛裝卻已失去知覺的好友。「我的朋友。」奶奶以哀傷的曲調泣訴：「你是怎麼了，我們早晨才一起相約在芋頭園裡拔草，你說，孱弱的身軀已經敵不過太陽光的力量，人老了就要像偷兒一樣悄悄潛入芋頭園做老人的活。你還說，就算多插幾枝鮮花在頭上，太陽底下也藏不

我的兩位好朋友，歌系和依棒。她們有蝴蝶般輕盈的心情，天天美麗，凡事開懷。

住老人的味道，不好意思啊。第一道光芒從山頭撒在土地上時，我們兩個老人身上插滿野菊花，已經做完了工作，慢慢地走回家。我們唱著歌，步履緩慢地踩著小徑上的露珠，你看見山野裡長滿了野菜，你撩起裙角一面採一面唱著，啊～～咦～～這麼鮮嫩的花，這樣令人豔羨的撒孅（野菜名），你不是野菜類的頭目，卻看起來這麼尊貴。

我當時回答你說：『你說著什麼呢？朋友。你老的眼裡都是花啊！這明明是拿來吃的野菜。』

『不是都一樣嗎？』你這樣回答我。

我的朋友，這是剛才發生的事，我們的孫，才把撒孅撒到飯粥裡，還來不及拿飯匙攪和呢！

那嫉妒的啊！空氣裡飄來了你死亡的消息。」

奶奶親吻著好友的手，悲傷得泣不成聲。

圍繞在蘇立阿波奶奶身邊的族人也抱著奶奶一起哭泣。

「我的孩子……」奶奶走到依奕的身旁抱著她哭泣，依奕的家人也抱著奶奶，哭成一團。

下午，在巫師的引導下，送葬的行列在山上小徑排列成長長的隊伍，奶奶在親族的勸阻下，無法隨行送朋友最後一程。她站在門外，頻頻拭淚。

第二天一早，巫師帶領拉哥瑪凡家的家屬到附近的山裡祭拜，巫師一面削著豬骨，口裡唸唸有詞：「這是你的湯匙，這是你的鐮刀，這是你取水的地方，這是你的水瓢，以免你口渴；這是給你的小米，好讓你炊煮。」

拉哥瑪凡家的人頭戴黑布喪巾，背上披掛著夾織紅紗的喪布、黑色綁腿布。一行人，來和去一樣，一路上肅穆。

回到家裡，屋裡屋外都有親戚在整理，庭院的清掃、廚房的炊煮，屋外搭蓋的帆布，地上、走廊上，都有親戚各自帶來的一箱箱的酒和汽水，有些親戚參加昨天的葬禮，自願留下來幫忙，每個人都各司其職。

依奕輕聲和自家姊妹兄弟交代事情，隨即回到房間裡，在母親生前躺臥的床上靜坐，她是拉哥瑪凡家的長女，按照傳統，她是拉哥瑪凡家的繼承人，坐在角落哀悼是必須的。

巫師坐在門外嚼檳榔，不久熱騰騰的早餐端出屋外，屋裡屋外都放下工作一起吃飯。

依奕的妹妹從屋裡端著盤子，站在巫師身邊說了一些話，她無意讓人聽見，但是，我從廚房端著湯鍋出來，經過時剛好聽見她嘴裡吐出來的氣音，聽得出是在抱怨。「奶奶你看。」她說，「昨天端給姊姊的飯菜，她一碰也不碰，她不吃不喝兩天了，妳勸勸她。」

巫師抹了一把臉，雙手按在膝上，吃力地從座位上站起來。動作遲緩地走進房裡。屋裡突然傳來哀慟欲絕的哭聲，屋外的人像定格一樣，沈默哀淒，烏雲籠罩。

「母親沒有留下一句話就走了，今後我們該怎麼辦？」依奕哭泣著。

「大姊，我們都要靠你。」依奕的姊妹們跑過來抱著她哭泣。

「唉～～噫～～」依奕哀傷地擦著眼淚，「唉～～」她低垂著頭，以毛巾拭淚。因為包覆著喪巾的關係，只有在她偶爾抬起頭的時候，才讓人看見削瘦的臉龐。

她包覆頭巾的臉龐，不知道是頭巾的圖紋，還是因為臉上所顯現的哀傷，依奕看起來十分溫柔美麗，她靜坐在母親生前的床上，親臨哭喪的族人親友，都走到她的身旁，環抱著依奕的脖子哀泣。

她在孩子耳邊低語，我聽不見她的說話，偶爾抬頭時看見她哀戚迷人的眼睛，她不吃不喝兩天了。我想告訴依奕，現在她看起來就像新娘子一樣美麗。

第三天，巫師再度帶領拉哥瑪凡家的遺族，到耕地附近分土地給死者。

「這是你的土地，你要栽種。」巫師重複昨天的動作唸著：「你已經死了，不要停返世間不走，不要再留戀這裡。」

當太陽在山邊沉落時，巫師再次將衣物、小米糕送給死者。告慰死者：「你即將遠行，帶著這些東西，給你在路上解飢，帶著這些東西，當作禮物去會見你的父母。」

天色漸漸黯淡，穿著喪服的部落老人，陸續出現在拉哥瑪凡家的前庭。隨後巫師來到，直接進入客廳，面對著門口，坐在小板凳上，準備儀式用的道具。

巫師請拉哥瑪凡家的遺族坐在她右邊的沙發上，由較年長的老奶奶輩的婦人聚集坐在巫師面前，年輕婦人和男親族坐在外圍。每個人手上都有花生、餅乾、芋頭乾、小米粟糕等供品。

巫師把一長束的苧麻綁縛在頭上，等待儀式進行的同時，有人檢視每人是否供品足夠。

晚上七點鐘，在巫師的指示下，關掉所有的燈。

延續古老的力量即將發生，天花板、牆壁都一一形成一股能量，貓頭鷹停止鳴叫、蛙鳴蟲叫消失，黑暗中，頭戴喪巾，坐在小板凳上緊挨著身的族老，陷入深沈的靜默中，我感受到神秘而穩定的力量充滿屋室。

巫師將一穗小米梗點燃，她手上持著火把，垂下眼簾，開始吟唱。頓時整個屋室充滿婦女的哭聲，巫師一個個吟誦從拉哥瑪凡家死去的亡靈回來，巫師每唸到家中死者的名字，就把手上的食物放在地上，請他們食用。此時所有人都捂著臉哭泣，巫師繼續以吟唱的方式迎請亡靈，她們又放下食物，所有家中的亡靈，也許是老人家兒時的玩伴、是受人尊敬的長者、是至親好友或情人喜歡或不喜歡的人，每個人哀傷的程度，要比送葬那天的表現還要悲戚慘烈。

我把臉埋在兩膝之間，巫師的吟唱、婦女的哭泣聲，好像咆哮的風，伏俯在黑色山林，令人敬畏。交織著哭聲和巫師一長串的迎靈聲，我聽見巫師的吟唱：「小米粟糕，小米酒、豬肉，這是你的父母為你的孩子作的準備，我們的家屋，你要看管，你要清掃，你要整理。我的孩子，我的孫，接受我，接納我，我是包樂絲。」每個人都捂著臉，「嗚～～」盡情地哭泣。我從腳前拿起花生，放在前面供給包樂絲。

巫師點燃小米梗火把，誰回來，大家就因為跟那個人的感情和思念而哭聲如風吹向原野。

將近五十分鐘，儀式結束。

燈一亮，屋裡突然生氣勃勃，十分忙碌，男的親族搬來兩大桶的小米酒，非常熱絡地斟滿連杯，分別向在座的長者敬酒。

我坐在奶奶身旁，她喝完第一口酒，頭轉向我。煞有介事地問：「剛剛有沒有看到死掉的人回來這裡。」

「沒有。」我說。「你看到什麼嗎？」奶奶正要說的時候，庫樂樂叔叔拿著連杯向奶奶敬酒，兩人並肩而坐，持著連杯，仰頭飲盡。

「你看到什麼？奶奶。」我好奇地問。

奶奶瞪大眼睛說：「我看到我死去的愛人來找我。」一說完就哈哈大笑。身旁聽見的人也都張大了嘴哈哈笑著。

前一秒還那麼悲慘的哭著呢，燈一亮，好像這世界所有的陰霾都過去了，剩下的是一片光明和希望。

熱鬧的氣氛感染了整個屋室，親族們一一向依奕敬酒，拍拍她的肩膀，在她耳畔說話。依奕點點頭，和前來敬酒的人聊了幾句。小米酒的香甜溫暖依奕的悲傷心情，嚴肅的面容此刻也放鬆下來。

翌晨，巫師和遺族到耕地立石板，告慰亡靈：「這是你的土地，你採野菜，種地瓜的地方。」

回到家裡殺豬、分肉，親戚族人每家分到一塊豬肉。巫師帶領親族到墳地祭拜，墓前擺著供品，圍繞在墓前的親族又再次哭泣著。

「你到哪裡去了。」巫師領著眾親族走在最前頭，沿著蘇立阿波奶奶生前常走的路徑回家，她口中唸著：「蘇立阿波我們走在你曾經常往返的路上，我們都在這兒，你到那裡了。唉呀，我們用懷思的心情來紀念你。」

回到家，巫師作安魂的儀式。告慰蘇立阿波奶奶：「讓你的靈力留在家裡，留給你的孩子、你的子孫們，使他們如同火一般熾燃熱烈，如同鐵一般剛硬堅強。」

儀式結束。

蘇立阿波奶奶的靈魂，已由巫師指引前往她的另一個旅程。

參加喪禮，陽光下，踽踽獨行的老奶奶。

好幾天，奶奶的田處在休耕的狀態，每天跑來拉哥瑪凡家（家屋名）話家常，她的好朋友走了，她有義務擔任拉哥瑪凡家的長者，教導依奕生為長女該有的風範。她佝僂著身，雙手交叉在背後，步履平穩而緩慢地走向拉哥瑪凡家去。

河流潺潺，陽光下，綠葉青燦翠綠。空氣中好像聽見了什麼，她佇足在樹蔭下，環顧四周，四下一片靜寂。她張開皺褶的雙唇說：「人都到哪裡去了？×××，你到哪裡去了。」她看著前方，彷彿有人站在她面前似地說：「你說呢？這個世間我是視如糞土的了，我要它做什麼呢？你的檳榔袋還留在我那裡呢，回來的時候要記得帶走。」

清晨的陽光照在她背上，黃昏的夕陽照在她背上。日復一日，她專注於當前的事物、風吹草動，空氣中彷彿混雜著各種訊息，偶爾有人遇見，便問她：「奶奶，你和誰說話？你說的那個人已經去世很久了。」這麼一問，彷彿把她從夢中喚醒了：

「呀！這我知道的啦！女孩，那個人只是站在那裡顯現她自己。」

「妳看見媽媽嗎？」依奕聽完奶奶一路上的「奇遇」之後問：「妳的好朋友現在如何？」

「唉呀，那個人還在路上呢？怎麼能回頭看我。」

過幾天，有消息傳來，施洒奶奶的孫子夭折，巴扎克將孩子的遺體帶回部落安葬。

那是個安靜的星期天早晨，聽不見鳥兒在雀榕樹上鳴叫，也聽不到隔壁小黑的狗吠聲。連人聲都沒有。

當我的房門被推開時，朽木門發出「咿～～」的聲響，我睜開眼睛，看見一個胖嘟嘟的身形堵住半個門，白煙從門底、縫間竄起。那張圓圓胖胖的臉對我說：「部落

喪禮過後，親友與喪家話家常。

被濃霧包圍住了，妳還在睡？」

「啊，施洒奶奶。」我叫著。

「我們要作儀式，巫師問妳來不來。」

我起身，習慣性地要去泡咖啡。

「我們的早餐是芋頭、地瓜和樹豆湯，和老人家一起早餐，你會很有力量。」施洒奶奶說：「巫師在等著呢！」

在部落出口，一片突起的腹地上，施洒奶奶的兒子巴扎克頭上戴著雲豹皮製成的頭飾，身著傳統上衣，手上拿著連杯，站在巫師身旁。巫師用雕刻著人形圖文的青銅刀削著獸骨，向著東方唸咒。

有人遠遠站在路的另一頭往我們這裡張望，有所顧忌似地，轉進另一條路徑。我不明就理，抓住一個低著頭快跑的孩子。「拉烏比，你幹什麼？」我說，「看見老人家不會打招呼嗎？」

小孩試圖從我懷裡掙脫，哇哇叫著：「我要去教會，她是巫婆。」

「餔哩瑙（巫師）啦，什麼巫婆。」我手指著巫師說：「你看，奶奶哪裡有毒蘋果，她只有檳榔。講，餔哩瑙，講一遍。」還好，老人家聽不懂什麼是巫婆。

拉烏比「哇～～」地哭了起來，巫師轉過身，露出慈祥的笑容，「巴德達達家的拉烏比。」巫師以吟唱的曲調對著孩子說話。「庫垃垃的孫子拉烏比，年青的阿露海和拉巴所生的孩子拉烏比，你不認得奶奶啦。」

彷如晚霞照映著山林，天地之間充滿祥瑞之氣。

拉烏比停止哭泣，奶奶拉開裙腳一面為他擦拭淚水和鼻涕，一面說：「我們在這裡祭拜神靈，不是要魔鬼抓你的。哭什麼呢，男子漢，昨天才在我家玩的那麼瘋，怎麼到了禮拜天就不認人了。」

拉烏比緊握著右手掌上要奉獻給教會的十塊錢離開，我回到巫師身旁，巫師剛好結束儀式，正望著河流咀嚼檳榔。

「一毛，你看。」巫師指著眼前的一座山說，「galaigai aina山，是位在南方瞄準部落的山。atavun是北邊的山，macidil山，就是單獨、孤獨的山，你看見環繞孤獨山的那條河嗎？那是perengai tavatavan河流，iyacan iviivian山是在舊部落上方的山，uakai在calipang的地方有一條河叫sunud河。」

「我知道，」我說，「sunud河是流經部落河流的源頭，那裡有一個非常大非常大的石頭，織布女神慕阿凱就在那裡織布，還有許多神靈居住在那裡。」

「你說的是，圍繞著部落的山，都有神靈的守護。」巫師說，「我尋求創造神以及各方神靈的幫助，指引小嬰孩的靈魂回到太陽之處，這樣他才會投身到人間來。」

巫師與我。

回家的路上，我問巴扎克。

「巴扎克你相信你第一個出生的孩子，她（他）的靈魂會回到太陽的地方再投生到人間嗎？」

「老人家說的話當然要信，」他說，「我的頭生子是個男孩，老人家說，男孩投生時會變女孩，女孩會變男孩，我倒是希望有個女兒。」他一說到孩子，臉上就露出為人父親的喜悅。

「那為什麼你不當個祭師，巫師說神靈喜歡你。」

「我要養家啊，我不能像巫師那樣，別人送她什麼禮都接受，我的太太、小孩需要的是錢。」

「真的有Za-u掉下來嗎？」

「有，真的有。」他語氣堅定地說：「我收到兩個。」

「你相信排灣族的神嗎？」

「當然相信。要不然，每次回來幹嘛要幫忙巫師的儀式。我們過去的生活、歷史、神話傳說都受神靈的保護。」他說得頭頭是道，怕我不知道似地還補上一句：「我們的巫師若是死了，我們真正的傳統就消失了。」

巫師告訴我，巴扎克是神靈喜歡的人，創造神多次從天上投持Za-u給他，年輕時的巴扎克在巫師身旁學習當助手很長一段時間，巫師和巴扎克的父母原本以為延續傳統的宗教已經後繼有人了，但是，他婚後，終究還是選擇離開家鄉，找尋一條全家可溫飽的出路，偶爾他會回來參加如今僅剩的幾位老人的祭典儀式，協助巫師處裡儀式用的道具和供品。

對於他的「出走」，老人未加評論。

是這份完整而良善的心。

多少年過去，我以奇特的因緣來到藏西這片貧瘠的土地上。

眼前彷彿是一面大鏡子，它們逼我面對自己隱藏在心中的密秘。這不是我閉上眼睛就可以跟過去劃清界限的。

尤其，當我看見在轉山的人中，有一位婦人五體投地獨自匍匐前進，以肉身浴磨著土地，我的鼻孔，我的皮膚，乃至於我的喉嚨，散發著腐酸酒臭味。

那是經年累月地混在酒吧裡麻痺神經的狂亂歲月。我像個逃亡者，極度想擺脫和自己有關的事實。這個人夜夜躲在昏暗、被香煙燻染的密閉酒吧裡，吸著骯髒的空氣，大口喝酒，喝到胃潰瘍，喝到神智不清，幾度與死神擦身而過。

我獨特的音聲、獨特的身份，這麼多年，湮埋在酒精的世界裡。

頭戴喪巾，揹著孫子的母親。

當時我出現在拉哥瑪凡家辭行的時候，奶奶看見我就一臉誇張地以第三人稱說：「呀，這個年輕人穿得這麼整齊，她要走了。」雖然我早上已經第四十九遍跟她說：「我要走了。」

她和巫師、施洒奶奶三個人正坐在走廊上早餐，她們吃著南瓜和芋頭，以湯匙舀著鍋子裡的羌肉樹豆湯。

時間一點一點過去，吃過早餐，我將包好的檳榔嚼爛之後一一送入她們口中，她們嚼著檳榔，抹抹嘴角的汁液，仰望著天。然後，述說著久遠以前的事，部落的歷史，某人生前所具有的智慧和種種英勇事蹟，說起日本國旗掛在部落高空上時，她們如何被安排列隊歡迎，多少人被送去打仗，回來見家人的是指甲、頭髮。她們興意盎然地談起庫勒勒叔叔的父親，為了不想被抓去當兵，只好裝病騙日本警察，以及日本戰敗後，一名叫山葉的警察，害怕族人報復而逃到山上的大石頭下躲藏，最後被發現的時候，他只剩下皮包骨，奄奄一息。

我注意手上的腕錶，時間正一點一滴過去。

想到我累積的工作份量，想到我的座位背後坐著的主管，想到打卡鐘以及埋頭苦幹的同事，我的胃開始翻攪。

「我要走了。」我站起來說。

巫師問，「你這次在哪裡停留？」

不都一樣？我心想，我又不是林班工人，也不可能像多數族人一樣，過著遊獵般的生活，哪裡有機會就往哪裡去，一旦領了錢，就一年半載地留在家裡不工作。

「還是那個工作，一直是。」我別過頭，態度很不耐煩。

巴魯叼著一根煙，從柴房裡抱著一堆柴薪回廚房。正好看見我皺著眉頭，他負責看火，在柴房和廚房間來來去去，該他決定的事，而自己拿不定主意的時候，就來問奶奶，那個要怎麼做，這個該怎麼辦。以目前的窘境，我打從心底感謝他當我不存在似的，從我坐下來開始，來來去去，我數著數著，這已經是他第五次過來問了。

廚房裡面好像一堆人忙著，我不時聽見鍋蓋被掀開，鍋子裡沸騰的滾水聲音交雜著七嘴八舌的男女。

「包著溪魚的小米糕先下鍋，小米粉圓等會兒再煮。」「糯米糕已經好了，先拿一些給老人家嚐嚐。」「小米酒要純釀的小米才好喝，糯米釀的酒先放著。」「這溪魚、溪蝦是哪個有心人送來的？」依奕的妹妹向坐在一旁的姊姊，一面清點著親戚送來的食物，一面說著，今晚明晚後晚，將由哪些家族接待請吃飯。

這是奶奶忙碌的地方，她會帶領拉哥瑪凡家的人，出現在每一場的家庭接待。按照傳統，守喪第四天之後，親戚們因為疼惜喪失母親而只能靜坐在家屋裡守喪的拉哥瑪凡家的孩子，而相約邀請她們到家裡吃飯聚會，如此，拉哥瑪凡家的兄弟姊妹才可以走出屋外，自由出入。

包著香蕉葉，纏綁月桃莖的小米糕被端了出來。「吃吧，吃吧。」婦人說，「湯還有，你們要小米酒嗎？」

庫勒勒叔叔帶著剛採來的蔬菜，站在門外，看看不出聲招呼的我，又看看默不作聲的老人，正要開口說話，奶奶指著廚房說：「人在裡面。」

「工作總有做完的時候吧！」巫師說：「你是有讀書的人，我們這些已經踩在夕陽底下要回家的老人，能給你什麼呢？你知道的，家屋有靈，他們希望你常常回來給他們生火、點燈，好讓煙火燻染你的整個屋室，讓炊煙隨風送達天空。代表「我」的這個軀體，即將枯老死去。我後面要說的這句話，是這些年想對你說的，我現在把它們濃縮成一句話，我只有這一句話就完畢：你無論在那裡，請守好你的靈魂。」她說著，聲音低沈了下來。「既然，你這麼趕著要離開，就不要讓我們耽誤。那，你就走吧？」

施洒奶奶和我奶奶不斷地以裙角擦拭著淚水，我環顧圍繞部落的群山，部落背後的山頂上已經是光禿禿一片，樹木被一輛輛的卡車載運到平地去了。目睹這一切，我不禁悲從中來。

我要如何說明這個世界和她們的世界的不同，以及努力工作賺取金錢受主管賞識對個人存在的重要性？經驗已經告訴我，我的膚色和身份是個沈重的負擔，我無法再帶著我的傳統，我的文化，站在人和人競爭的舞台上。相反地，我必須不斷削去我身上的氣息，我的原來色彩，以適應不同的觀念和價值，才不至傷痕累累。早在幾年前，我已取下掛在身上的鷹羽，我不想成為異類。

沒有親吻擁抱，我跳上依笠斯轟隆隆的摩托車。

庭院的檳榔樹和綻放的雛菊，耕地小屋，芒果樹、小米田和芋頭、南瓜、樹豆，溪裡的螃蟹、小魚、山林的松鼠、蝸牛。甚至是父親所教導的關於山林的知識，父母的語言，巫師的吟誦、咒語，這一切都已經離我很遙遠很遙遠。

車子進入市區，聞到公車排放的廢氣，我才記起來，忘了跟故鄉說再見。

冬天一來，老人家就像落葉一樣悄悄凋零，先是巫師，再是奶奶，然後是施洒奶奶。

我來不及將右手貼在胸口，左手握著她們的右手，以求她們的祝福和諒解。來不及，來不及，我那裡知道，在未來，有這麼多的來不及。

巫師不會再要我當巫師了，我不再看見奶奶突然對著看不見的人說話，部落不再有群體聚集的能量。

在異鄉、在部落，我是個孤兒，失眠常伴。

參

依笠斯指著路旁的水溝說：「就是在這個水溝裡被我發現的，她騎車睡著了吧，先是撞上電線桿再摔到水溝裡，我看見她橫倒在血泊中，血肉模糊，我記得小女孩的臉，我把她抱起來，送回家去。從發現到安葬小女孩，我在旁協助處理，我是個外人，她的父母和親人卻不敢靠近，小女孩是那麼辛苦為家裡新蓋的房子償還貸款。」

「再堅強的人也無法承受這種打擊吧，何況是父母。」我一面說，一面從車窗裡遠眺座落在山林間的獨棟別墅。好像才昨天發生的事，奶奶、父母，一天的辛勞之後，坐在耕地小屋前的石頭椅上，望著落在屏東平原的夕陽餘暉抽著煙斗唱歌。

「回家啦！孩子們。」母親呼喊著追逐在鬆軟而溫熱的土地上的兄弟姊妹。

我從不過問，究竟是誰把那片土地賣掉。

失去心愛的東西，總是教人心痛，心痛不如不去面對的好。我這樣跟依笠斯說，不知道他聽懂否。

「你知道這個寬大的柏油路上死了多少人嗎？」

我點點頭。

「我發現我們的山每一天都在變矮，以前很陡的路，現在也變得很平坦。」

「土地也是會老，它像女人一樣，老了，乳房自然下垂。」

「唄，你看看你所講的話」依笠斯說：「你的面前有一杯水，好端端的，你非得把它倒灑出來，還用腳踩踏。」

我望著窗外，沈默不語。

想起那個女孩，想起部落的高死亡率，我說出心中話，「依笠斯，」我說：「我死了你會到台北接回我的遺體吧？」

「拜託。」依笠斯看了我一眼，哈哈大笑說：「要死，是我先死吧。」

我指著他的大肚子，「你太胖了，再不減重就會死得很難看。」依笠斯張著嘴哈哈大笑：「我會死得很難看，哈哈哈。」他抱著肚子，好像不曾這麼開心過似地一直笑個不停。

到達車站，停好車，依笠斯還是嘴巴合不攏，活像彌勒佛哈哈地裂齒笑著。他先我一步，衝到售票口買好車票，票交在我手上，突然彎下腰來，伸出一隻手往我口袋裡塞錢，我把錢還給他，他轉身就要跑，我追過去，抓住他的衣領，把錢塞在衣領裡面，眾目睽睽之下，我們上演一齣塞錢戲。

道別時，一份祝福的禮物，是傳統排灣人的禮數，路上與人相遇，總要拿點什麼來分享，那怕是一句祝福的話。

「不好。」我說，「買些東西送老人家吧。」

依笠斯低著頭把錢收在口袋裡，像個受傷的小男孩，「你一個人在台北，離家這麼遠……」

「我會照顧自己。」

「聽說台北連喝水都是錢。」

「沒那麼可怕。」

「好吧！」他一旦恢復自信，眼睛就變得炯炯有神，他看著我說：「有困難一定要讓我知道，再遠的地方我一定到得了。」

我點點頭。

這是他的道別話，一次一次地重複著這句話。

而我總是要避開那雙眼睛，掉頭就走。

一星期之後，我接到家人打來的電話，「依笠斯死了，你要不要回來。」「依笠斯，哪個依笠斯？」「依笠斯，有幾個依笠斯。」電話那頭說，依笠斯從鷹架上掉下來，連救都沒得救，腦漿迸出來，當場死亡。

西藏，我從宿醉中看見佇立眼前的男孩，他的外相、容貌，不曾在我生命中出現過，他不俊美，樣子一點也不討好。他的沈靜胸懷卻包容一切。你看見你裡面的混亂，以及所有的痛苦遭遇，同時正經歷著，有一股強大的力量包圍住你，不是陌生的恐懼，而是相同的力量籠罩在空氣裡。

這是我本來的頻率，我想起來，我生命的頻率，是歸於平穩和寧靜中，這麼多年，我只是想安靜，我只是在尋求一個方式讓生命寧靜，就像小時候，我獨自坐在大樹下把玩著一隻枯枝和幾片落葉，父母離我一段距離，我聽得見鋤頭落在土地上的聲音，父母聽得見我融入大自然的歌聲。

陽光很溫暖，小鳥輕唱，小溪潺潺……只是我遺忘了。

肆

書上記戴，古印度高僧阿底陝與崗仁布欽山這個地方有一段特別的因緣。傳說仙峰頂上有一座勝樂輪宮，宮內有五百名羅漢及山腰下許多空行母在此修練。一日高憎阿底陝路經此山，不知時辰正在納悶遲疑時，聽到山間傳來陣陣鐘鼓聲，他想應是宮中用來提醒羅漢空行母用膳的聲響，他也覺得自己應在此稍事休息，用餐後再行趕路。而此傳說日後就成為行經此路徑人所津津樂道的一則故事，如你是個有福氣的人，在此休憩時，或許可聽見遙遙傳來的敲罄聲，依稀在山間迴繞。

另外一則傳說傳到了台灣，據說神山轉一圈，可以洗盡一生罪孽，沿著山轉十三圈為一整圈，馬年轉一圈等於十三圈，因馬年是如來佛祖修身成佛的吉日，也是佛教尊者米拉日巴戰勝苯教的紀念年，轉十圈可在五百年輪迴中避免下地獄之苦，轉一百圈便可成佛升天。

有此一說，有的人什麼事都不幹，就是每天不斷地繞著神山轉，一直轉一直轉。因為某種緣故不能轉山，而花錢請人轉山者也有。

我會來西藏，最大的因素是跟神話有關。我在神話中長大，我一直相信著，神話是人類最原始的智慧。

中午，伙伕吉林分別將裝在塑膠袋裡的午餐送到每個人手上，紫外線加上寒風肆虐，我們急急躲進炕裡用餐，炕裡的主人是兩名老婦和一個小男孩，一名婦人理了光頭穿著喇嘛服，她負責把爐鍋上的燒水倒入熱水瓶，然後，再將桶子裡的水倒入鍋子裡，另一名婦人則負責把地上掃出來的枯枝、塑膠、糖果包、果皮、紙箱，通通倒入爐火中燃燒，她們以此作為燒熱水的薪柴，也就是前個客人丟什麼在地上她們就燒什麼，一會兒白煙四起，穿喇嘛服的婦人打開鍋蓋，把鍋子裡的水倒入空的熱水瓶中。可是，明明水才剛倒到鍋子裡的，還沒燒熱就已把水舀起。兩位老人家的模樣好像玩家家酒，玩得不亦樂乎，兩人輕聲細語有說有笑地不斷地重複上面的動作，有時為了要讓火燒得更旺，兩人默契十足地，一人把鍋子從爐灶上提起來，一人就將紙箱撕開放進火爐裡。

塑膠袋裡的午餐，有馬鈴薯、黃瓜、水煮蛋和蘋果，我們倚靠著牆安靜地用餐，我因為疲累而胃口盡失，眼睛半閉半睜地一面喝著水一面聽著安可從伙伕處得來的消息說，有一年這個地方遇到暴風雪，賣泡麵的這些人趁機大撈一筆……

大夥太累了，這個話題沒有引起迴響，倒是我想說說在眼前晃動的這兩個老人家，她們很像是我坐在那裡所做的一個夢，又像是我閱讀一個故事後昏昏欲睡中出現的人物。進來的旅客在由「康師傅」成箱成箱的泡麵築構成的泡麵牆中，選擇好口味之後，就由喇嘛服婦人打開熱水瓶為客人沖泡。

我的眼睛簡直不敢相信，在這高原上居然會出現現代化的速食食品。水呢？水是從哪兒來的？一鍋子的水，一個紙箱、幾個枯枝、果皮，就能變成沖泡泡麵的熱水，而且還賓主盡歡呢！

好像變魔術，真實又不真的真實。

犛牛此時也到達，兩名年輕的犛牛工坐在泡麵牆下各自撕開手上的兩碗泡麵，他們看起來非常餓，稀哩呼嚕一口氣吃完後，又繼續泡了兩碗。年輕人頭戴呢帽，右邊衣袖放下來綁在腰間，腰上繫著小刀，看起來粗獷豪邁，右手伸入口袋，掏出大把鈔票，一旁吃著冷餐的我們，看著一大把人民幣，眼睛瞪得很大。後來，導遊走進炕來，說有三匹犛牛可以坐。

我們當中沒有人說話。

走出炕外，寒風狂吹，土黃色的土地，蒼蒼茫茫。看見一頭身無一物、彷彿被孤立一旁的犛牛。身上的貨物已經被卸下來，光溜溜地背上好像是正體驗著成年禮的孩子，雖然瘦弱卻很堅毅。

我走過去輕輕撫摸犛牛背，犛牛不說話。寒風撲面，我把右耳貼在犛牛背上，我說：「再見。再見，犛牛。」

阿雄跟安可坐上犛牛了，其他人繼續走。

「Cha-si dely。」（吉祥如意）遇上逆時針方向轉山的三名年輕姑娘，她們以甜美而溫暖的笑容問候，她們手持著佛珠，梳著兩條辮子，穿著長袍，身上不帶任何行李。她們是苯教教徒，苯教是以逆時針方向轉山，而佛教徒則是以順時針轉山。（在佛教未傳入西藏之前，苯教是阿里地區（西藏西部）藏民所信奉的本土宗教。）

「Cha-si dely。」我雙手合十，好像收到一份珍貴的禮物，露出難得的笑容，頻頻說著：「Cha-si dely，Cha-si dely。」

下午四點半，到達紮營地。我仰躺在地上，頭枕著背包享受溫煦的陽光。走在後頭的隊友和犛牛隊一一到達，導遊指著右前方宣布：過了那座橋，就是「三途脫坡」了，真正的挑戰來了啊！大家好好休息。

聽說「三途脫坡」是轉山之路上最艱辛的一段路。

木橋上纏綁著風馬旗幡，風中旗海飄飛，在湛藍的天空下，色彩非常豔麗，賞心悅目。

我自背包裡抓了一條毛巾和盥洗包出來，走向河邊準備好好梳洗一番。畢竟我不是游牧民，久久不洗澡，可是經過他們身邊時，可以聞到濃濃的犛牛味和酥油香奶味，我的身上擠不出這種味道，幾天不洗澡，身上就已經溢散著令自己難以消受的味道。另外，我好幾天不曾照過鏡子了，受傷的臉皮是否已變成可怕的模樣？我走向河邊。來到河岸，發現這條由岡底斯山的雪融化的河水，不但挾帶著積沙，而且河水冰冽無比，手上毛巾才浸到水，粒粒沙子就黏在毛巾上，浸泡在水中才一下的手指也立刻紅腫了起來，手指許久無法握住，我連連對著手指哈氣。我把脫掉的外套拿來包裹著雙手，坐在石子上曬太陽。

河水滔滔，聲勢凌人。

我往右上方的山脈看去，木橋上有一位拄著楞杖的老人正緩慢地走著，後面是背著嬰孩的婦女和三個光頭小孩以及揹著家當的男子，一副全家出遊的圖像，正開開心心地朝著無限延展的褐色的山脈前進。其他轉山人蠕動的身影，也漫步在山野、峽谷中了。

清麗的天空，驟然陰沈，寒風來襲，氣候急遽下降。鼻水似流水的氣勢流不停，我穿著單薄的衣裳直打著冷顫。

綠色帳篷已經搭好，伙伕們在裡頭準備晚餐，我聽見攝影師麥克搭好個人帳篷，正興高采烈地宣布他今晚要展露廚藝，有人問他，要炒什麼菜，麥克說，炒一道台式洋蔥炒蛋。太棒了，我對著河流會心地笑著，還好不是炒什麼牛肉羊肉之類，洋蔥炒蛋，這是我最喜歡的一道菜。小A說，他也要炒一道魚香茄丁，背後傳來同伴們的歡呼聲。

伙伴們歡樂的氣氛還在空氣中持續著，我心裡想著的卻是那幅全家轉山的圖像。西藏，這是個受到祝福的地方，要不，面對艱困的環境，婦孺老弱，未曾停歇腳步，夕陽已沉落，黑暗就要來臨，他們不擔心嗎？他們要住那裡，有什麼可吃的呢？

天色漸暗，沒有了陽光的河邊，寒風一陣一陣。想洗澡的念頭沒有斷，我脫下鞋襪，撩起褲管，心想，我是一個強壯又健康的人，反正，天一暗就什麼也看不見，再次把毛巾往河上浸濕、捻乾之後，全身上下痛痛快快擦洗一番。換上乾淨的衣褲，總算是心願已了。

因為天色暗的很快，回到紮營地時，我和小郭隨隨便便找一塊地方便搭起帳篷。在我們開始紮營時，中午看見的那位做大禮拜前進的婦女，經過我們眼前，繼續三步一跪拜地磕著長頭前行。黑夜就要來臨，我穿著防風防雨的名牌外套，保暖的襪子和防雨的名牌登山鞋，帳篷裡有保暖的睡袋，過不久，熱騰騰的晚餐就要上桌了。她，一個婦人，孤單單的，沒有親友隨同。風寒夜雨、山路險峻。沒有擔心嗎？我不斷在心中問，要磕上多少個長頭才會完成啊，難道要日夜不斷磕頭下去。

我站在一旁，看著那站立又伏地長拜的身影，彷如觀看一場西藏影片，四周一片空寂、暗瘖無聲，寒風襲面，卻又如此真實。

人生，浮浮沈沈，輪迴瞬息，苦難可有盡頭。

如果大武山的祖靈還在，如果誦唸死者亡魂引渡大武山、迎接祖靈回部落的巫師還在，如果沒有殖民，如果有堅持，我是不是也是大武山的朝聖者。

吃過早餐，我們走到湖邊，面對聖湖作五體投地大禮拜，
祈求轉山平安，祈禱家人健康。

並且以聖湖水沾洗眼、耳、鼻、舌、身、意。

據說，聖湖水能洗盡人們的貪、嗔、癡，慢、疑和疾病。

洗畢，我們把台灣帶來的風馬旗掛在淺灘處，
並將身上物品、金錢、當作供品拋入湖中。

我們坐在山坡上休息，轉山的路人，一個個從眼前經過，藏人攜家帶眷，一副全家出遊的快樂景象。孩子們一路追逐、嬉戲。有位婦人披掛著袍子，露出嬰孩的頭，紅通通的臉，大大的眼珠，我向嬰孩拋一個笑容。

終於來到聖湖。面對浩瀚煙波，向諸佛菩薩頂禮。（前頁）

臉上寫滿風霜的轉山人。（右）

在這趟「靜靜流淌的河水中」，我已經上路了，不再是昨天坐在河邊觀望的人。我在轉山人潮之流中，正經歷朝聖之路。

他就是多吉，多吉的家就在即烏寺必經之路，他的玩伴貝瑪基準、這裡的山、聖湖以及即烏寺，這一切就是他的童年。（右）

孩子們自成不同的群聚，大家玩的東西竟然很像五年級同學的童年遊戲「尪仔標」。（左）

拉醫師說：「你看這神山附近的這些山都有名字，什麼名字，我倒是忘了，哈哈哈。」

「啊！」他指著矗立於峽谷中的山說：「這山叫雙乳神，神奇吧！」

她，一個婦人，孤單單的，沒有親友隨同。風寒夜雨、山路險峻。沒有擔心嗎？

我不斷在心中問，要磕上多少個長頭才會完成啊，難道要日夜不斷磕頭下去？我站在一旁，看著那站立又伏地長拜的身影，彷如觀看一場西藏影片，四周一片空寂、暗瘖無聲，寒風襲面，卻又如此真實。

車隊翻越海拔5216公尺的馬攸木拉山口之後，我們進入被稱為「世界屋脊之屋脊」的阿里地區，車隊繞行巾幡和瑪尼堆三圈後，直趨開向瑪旁雍措湖邊。（前頁）

神山在峽谷中出現，我們對著神山作三次趴伏的大禮拜，並依照藏人的習俗，經過巾幡以順時針方向繞行一圈。（右）

海拔五千七百公尺高的卓瑪拉山頂，一幕幕充滿虔誠臉孔的靈魂，拋灑著紙馬風旗，層層疊疊、如絲網交錯。旗海飄飛，沸沸揚揚，嬝嬝蒼煙，憑添了許多人們對於神山的虔敬與寄託。

唵嘛呢叭咪吽

8月20日

昨夜，我不確定自己是否找到一種舒適的姿勢，然後睡著了。兩腿一伸直，腳底就踢到冰水，全身發著冷顫。

夜雨在地上結成冰塊，浸濕了腳底的睡袋，穿在腳上的兩條襪子也濕了。我起身，忙亂地自背袋裡翻找出其他可禦寒衣物，從頭到腳將身體緊緊包裹住。

我好像一個酒鬼，一輩子過著混沌的日子，有一天喝死了，被裝在冰庫裡。由於還不是該走的時間，身體底層的微細部分和外界有了連結，冷空氣吸入肺部，突然甦醒過來。張開眼睛，發現周遭是冒著白煙冰庫，醒來之後，還發現腦袋變得十分清明。

「喔！我活著。」當身體冷得像跳舞般顫抖的時候，這是發自內心的讚語：「喔！我活著。」

銀灰色的天空十分迷離，峽谷、山野、轉山之路，人影幢幢。

我披著毯子，坐在帳篷口仰望，山谷裡流動的人們，宛如一條綿長、恆動的流水。流水逆流而上，順勢而下，不起任何的激流，不起任何音聲，恆常流動，恆常靜謐。

我彷佛聽見巫師的吟唱，從銀灰色的天空傳來。

有些事情，內心所產生的疑惑，不去弄明白它，就像蒙塵的鏡子，越是逃避、不擦拭鏡面，越是看不清真實的面貌。

我記得那個清晨。

雞啼第三聲後，老人家一如往常醒來，走到廚房裡生火。另一個聽見雞叫聲的老人也醒來，來到朋友的廚房。隔壁的奶奶嗅到升起的煙火，背著檳榔袋也來了。動作輕緩、私私竊笑、是老人家獨有的節奏，黑暗中看見，以為鬼鬼祟祟，她們總是喜歡一起早餐，然後配上關於舊部落那座山的神靈奇事，對她們是一件樂事。說笑聲音都壓得低低的。

那天，與其說是個意外，不如說是震撼吧！

她們談起不久前回舊部落的事情，已經四十年沒有再回去了。施洒奶奶說：「一回到我殘破的家，人家叫我唱歌，我一直哭，回想過去美麗的家園，我唱不出來，我只有哭。」

她說她一直哭，而我卻懷疑她那麼樂觀，我甚至看不見她的臉上顯露一絲的痛苦和

豎立屋前的石柱和獸骨，說明這家人昨日的榮耀和地位。我常在此佇足，卻未見主人開門。

不捨。「石頭還在嗎?」奶奶說:「那個我們小便的石頭。」

「有……」施洒奶奶唱歌似的回應。「從前我們上山的時候,只要經過那裡,我們一定到那上面小便。我的朋友,我的尿,有誰贏過我的尿,它總是又直又長的在那石頭上溜滑梯,然後很捨不得的滴落到地面呢。以前的人不是說嗎,在那上面小便,尿越長,表示你活的越長。」

「呀,嗚~~依(是),葉子都落光了,樹上只剩一支葉與風殘鬥,那就是你這個長命的人,你何不乾脆說你的尿會邋鞦韆呢,哈哈哈。」奶奶捂著嘴笑起來。

「就是那兩個好朋友發現彼此的大石頭。」巫師說。

「發現什麼?」我說。

巫師念一段古語,睜開眼睛,敘述它的意思:「有兩個女孩,是好朋友,她們在大石頭上面玩耍,發現彼此的陰戶,她們很好奇,非常好奇,兩人互相逗弄著彼此的陰戶,後來死了。」

「就這樣?」

「就這樣。」

這是什麼意思?太陽還沈醉在黑夜的擁抱裡呢!怎麼這時候講這種故事。這三個人在胡亂說什麼,我十分不明白,這樣聽起來相當荒唐的故事,也像詩詞般被吟誦。

巫師閉著雙眼,又是一段我聽不懂的古語。

我好奇的問，「那又是什麼？」

「就是在述說那兩名女孩，她們在石頭上玩耍，看見彼此的陰戶。很快樂很快樂，然後死了。」

在場都是老奶奶，我難為情地滿臉通紅，甚至有些生氣，氣這些老人天還沒亮就跟我開這種玩笑。

她們都是年輕時候失去丈夫，施迺奶奶年輕的丈夫被日本軍徵召到南洋打仗，就再也沒有回來，她們獨立扶養自己的孩子，她們生活得很快樂，非常的快樂。

白天，我親耳聽見一個篤信基督教的長者說她們是撒旦，是頑劣的石頭，是讓人迷失的黑暗森林。

迷信，他們說，以前的人過的真是魔鬼的生活，早上上山，半路上聽見鳥叫聲，就要折返回家。真是迷信。

我說給她們聽，她們一副隨人家怎麼講的態度。

我的耳朵聽慣了大道理，最好能告訴我，事情要那樣做這樣做。而她們從來不說道理。她們的頭上有一棵樹，樹上長滿故事，隨手一抓，「很久很久以前……」這就是她們要說給你聽的道理。

製作竹籃的老先生，他慶幸自己當時裝病，沒有被日本徵召到南洋打戰。他稱呼自己的太太叫小企（小姐）。

我憤而離去，再也不想知道關於她們，關於部落的種種。

我迷迷矇矇的雙眼，在彼此侵擾的歲月裡翻轉，瘋狂捲入在這麼多的悲傷裡，不停地翻轉。悲傷的酒、悲傷的歌、悲傷的道路、悲傷的家園、悲傷的生命。好像一個傻瓜，被吸光的精力，再去尋找另一個枯乾的生命相互取暖。

世界以本來的面目自然地運行，究竟我生氣著誰？憎恨著誰呢？恐懼。逃離是因為恐懼。生氣和憎恨是因為恐懼。

美麗的清晨，我接受一件美好的禮物。是，我明白。靈魂在左右兩肩，無論它遭遇了什麼，它在，一直都在。

我對著她說。

我的體內，有一股溫暖從肚腹、流經大腿緩緩流出。月經，我的月經提早報到。沒有任何疼痛的感覺，沒有牽動身體任何一根神經，在這樣異常清醒的清晨，她溫柔而安靜的告訴我，我來了。她的溫柔害羞，竟然讓我笑了起來，這是生為「女人」以來，第一次感覺到月經是「好朋友」呢。

我戴起口罩，踏著輕快的腳步，走向山坡上的方便帳。

走出方便帳，看見天空佈滿銀灰的顏色，我站在高處觀望著轉山的人們。山坡下嬰孩的哭泣聲，吸引我的目光。

昨天，天色開始昏暗的時候吧！這一家五口人在這裡卸下家當，燒起犛牛糞。睡夢中，在隔壁帳篷裡聽見安可咳嗽不停，越來越急促的咳嗽聲，聽得我胸口悶痛起來，他拉開帳篷拉鍊，向外面呼叫，醫生，醫生，快拿氧氣桶來。我聽見綠色帳篷走出來的腳步聲，安可的咳嗽聲停止。不一會兒，腳步聲離開他的帳篷，漸漸走遠，安可鏗鏘有力的話飄到耳朵裡：「請他們不要燒犛牛糞，我不能呼吸了。」

我蜷縮在睡袋裡，地勢不平，腰部以下剛好「掉」在一個斜面上，身體怎麼擺都不對，如果身體能支解了還好，偏偏它們是連在一起的。

夜雨，叭答叭答下著，帳外嬰孩在嚶嚶哭泣。小郭深沈的呼氣聲，我輾轉難眠。

我像一隻狗蹲在山坡上，仔仔細細地注視著這一家人的一舉一動，嬰孩醒來不停地哭著，聲音細小非常微弱。

我思索著，每天給犛牛背馱的大背包裡，除了睡袋，裡面裝了什麼，一罐羊奶粉、薑茶、一包餅乾、一件棉質衛生衣、衛生褲、紙褲、雪褲、襪子和高領毛衣。

還有什麼呢？背包裡還有什麼東西可以拿出來送人家的，他們有熱水可以泡嗎？這麼小的嬰孩會不會對羊奶過敏？

我看見婦人坐在地上抱著嬰孩，男人在收拾帆布袋，地上是夜雨結成的冰塊，昨晚，原來他們是蓋著帆布袋躺臥在地上與草葉同眠呢。老先生從河邊提著水壺過去，坐在地上燒起犛牛糞。這一燒，煙霧四起，直竄著我過來，我只好站起來往帳篷的方向跑去。

坐在帳篷口，我小心翼翼地從背袋裡取出羊奶粉、薑茶、一包餅乾，要送的東西已經拿在手上，我卻坐著沒有行動，要是小孩對羊奶過敏，我沒有藥，餅乾也許好一點，可是，我僅剩這一包，怎麼夠人家吃。

有一中年男子向我這裡走來，他頭戴著呢帽，長像英挺而斯文。我以為他是來聊天，或來尋求幫助的。遠遠地就盯著我的眼睛不放，有幾次，我把視線移往別處，再看到時，他已來到面前，「需要什麼嗎？」我們眼神短暫交會，我的視線還是移往別處。他看著我，撿起地上的犛牛糞，從那眼神我看得出他對帳篷有莫大的好奇心。「說句話吧！我也想和你聊聊！」我內心發出這樣的聲音，然後，我的眼睛找到理由直視他的右眼。

他摸摸帳篷的繩條，探頭往裡頭看。

「有人在裡面睡覺。」我說。

他一言不發地走了。

我有些失望，在排灣族的習慣上，直視對方眼睛不放，是視作輕浮、無禮的舉止，尤其是對年輕女孩，除非你真心真意愛戀著對方，付出時間和勞力在女方家裡工作，還要三不五時地吆喝一群朋友到女方家裡互唱情歌。

中年男人一走，又來了兩個年輕人，年紀較長的戴著呢帽。也是一路盯著看過來，我站起來，直視他的眼睛。

「會說普通話嗎？」我說。

「這個帳篷還要嗎？」他說。

「還要。」

「這個帳篷還要嗎？」

「還要啊。」

「這個帳篷還要嗎？」

「要，裡面有人在睡覺。」

「這個帳篷還要嗎？」

「這不是我的。」

「這個帳篷還要嗎？」

「要的。」

也許他們真的沒見過這種橘黃色、看起來十分可愛溫暖的帳篷，在我和他對話的同時，他的另一個同伴，已經好奇地往其他帳篷拉開拉鍊探看，剛好被攝影回來的達瓦看見，把這兩人大聲斥罵走了。

吃過早餐，正在拔釘收帳篷的時候，來了一個穿著西裝外套的中年男子。摸著腹部，但不知在說什麼。經理指了一個方向，指向鄰近正用犛牛糞炊煮的轉山人，那人過去，又回來，找來吉林當翻譯，才知道他肚子疼，來要肚子疼的藥。我們有維他命C、人蔘茶、就是沒有這個藥，我患有胃潰瘍，這時候才發現，我一包胃藥也沒有帶在身上。

熱心腸的拉醫師給了他一帖藥包。

小米穗般美麗的金色陽光照耀著山谷，同伴們揹起了背包互相吆喝打氣。

臨走前，我一時興起，回頭跑向山坡上，摸摸正在低頭吃草的犛牛，我才發現草原上，沿著山麓流淌而下的清澈溪流，被遊客任意丟下的方便麵袋覆蓋著，一條細細長長的清澈溪流，長長的、滿滿的垃圾。（這是個神聖的地方吧！聖地我們會留下給族靈的小米酒和獸骨。）

我不禁悲從中來，女孩，我昨天看不見你一張明亮動人的眼睛。原來，你被埋藏在一堆垃圾底下。美麗的女子，人們把你弄瞎了。

吉林看見我走回來，對著麻袋裡的垃圾躊躇不安時，他告訴我，這一袋垃圾他們會一起帶走。我對著他傻笑。算了，我說。他那裡知道我想的不是他眼中的這些垃圾。

算了。我說服自己，別想動手清理。我的背包塞不了這些垃圾，一個麻袋、兩個麻袋、再多的麻袋也清不了，我攤攤手，算了。

在這趟「靜靜流淌的河水中」，我已經上路了，不再是昨天坐在河邊觀望的人。我在轉山人潮之流中，正經歷朝聖之路。

爬上急陡坡，有一處地方橫掛著風馬旗，地上高高地堆疊著各類衣物，這些都是轉山人為病痛無法同行的家人帶來此做祈禱、驅邪之用。帽子、鞋子、衣服、褲子，紅的藍的黃的綠的，與紅白黃藍的風馬旗擺在一起，充滿靈怪的感覺。

有些散落在一旁的紅上衣、毛衣、黃色棉質運動褲、褐色的帽子、西裝褲、綠鞋子，看著這些躺在地上衣物的形狀和顏色，好像我認得這些主人，站在那裡佇立很久。縱然橫掛著經幡，就是沒有人走過去把這些散置在一旁的衣物堆放起來。我來自多神靈的民族，沒瞭解之前，我也不敢靠近。
吉林不知道什麼時候跑到身邊，問我背包要不要讓他揹著，我看見他揹著麥可的攝影器材。
「我可以的。」我自信滿滿地回答。
達瓦說的一點都沒錯，這是考驗的開始。他昨天勸過我們要好好休息，而昨晚，正是這幾日以來身體最難「擺平」的一夜。
當不斷有轉經輪，一面口念「六字真言」的老先生、老太太、揹嬰孩的婦人、一群嚷嚷的孩子，以及不時投以好奇的眼光打量過來的年輕小伙子從身邊經過，我才發現穿著名牌登山鞋的腳，越走越拖慢了下來。我們開始時，是保持著可以看見伙伴的距離，後來，距離越來越長。
看看手錶，從出發到現在，足足走了一個小時又二十五分鐘，走不動，已經不是體力和耐力的問題，而是隨著高度的攀升而出現的吸氧量不足。算一算，我是每走五步，就覺得胸悶，氣喘不過來。我回頭看小郭和經理，雖然手上有手杖的輔助，那也是每走兩三步就要停下來呼吸的。
「忍耐，忍耐。追求幸福你要學習忍耐。」我望著我的同伴，腦子裡竟然出現這首歌。

有一個大石頭，它的身上長著大小不一的洞。大人小孩掛在動物身上似的，爭相要爬進洞裡，輪到一個身材壯碩的男子，他毫不衡量自己的身材就鑽進石頭洞裡，開始還好，到了裡頭洞口小了，進也不是、退也不是，那粗腰、肥臀啊，在狹小的洞口可憐被卡住了，大大的身軀要經過一番扭擺、拗折、蠕動、和吼叫，才一點一點前進。

我這人拿不準對什麼反應快，對什麼遲鈍。有時候朋友講的一則笑話，要在一年後某一天的公車上，笑話自己跑來了，我才對著窗口嘻嘻笑起來。對其他事情也是一樣，會有個冬眠期，一年半載的，甚至更久。

母親的歌也是這樣唱的：「我的愛，是追隨著陽光而來。」

「那沒有陽光（愛）的地方，怎麼辦呢？」

她唱著：「瞌睡的蟲子爬滿我的眼睛。」

「要睡多久呢？」

父親這樣答唱：「那等待我們的晚餐，已經佈滿蜘蛛網了。」

就是這樣了，我睜著大眼看著那男子。好不容易，經過一番掙扎之後，他的上半身從我這頭的洞口出現，然後蛇一樣鑽了出來，並且做了一個深長的呼吸。突然，我的心臟，不規律地狂跳起來。我吸著大口大口的氣，轉頭離去。吉林不知從哪冒出

大社村的小朋友給新郎新娘的獻唱。

來，叫住我，「來啊！來。」他的臉上掛著笑，「這很好，來玩玩。」

「啊！」我摸著胸口，過了好一會兒才回答，「我⋯不⋯行。」

他露出跳水選手，在跳板上雙手向上高舉的姿態，連同背上的攝影器材，一溜煙鑽進洞裡。他打從一爬上這山頭開始，臉上就一直掛著燦爛笑容，彷彿這裡就是他的天堂樂園。

我的心臟只要還跳動著，我領受的世界就隨時隨地要從我的胸口、我的頭上，爆裂開來，我很難受，非常難受。

兩邊的太陽穴，疼痛欲裂。

人們在刻有佛手的石頭上觸摸、親吻，我也將手恭恭敬敬貼在佛手上，當沈靜的老人轉著轉經筒，口唸著：唵、嘛、呢、叭、咪、吽。我低著頭，輕輕開啟我的雙唇，心無掛礙地誦唸著：唵、嘛、呢、叭、咪、吽。唵、嘛、呢、叭、咪、吽。兩腳踏踏實實的踩在碎石路上，吸呼開始平穩，一直喊頭痛的聲音逐漸在身體裡縮小、縮小，不斷地縮小，最後她落到腳底變成影子，我不理她，她就不干擾我。

宇宙大地究竟存在著什麼樣的音聲密語，渺小如我，在這世界屋脊正感受了一種來自內外連結而產生微妙的震盪。

巫師曾經告訴過我，只要我開口誦念經語，存在天地日月的萬物眾神會幫助我……「靈力。」她說，「走路，石頭、草葉、深林、風吹、蟲鳴鳥叫、天上的星星月亮太陽，這一切都是靈力。你只要學習接受，眾神會幫助你開啟與生俱存的靈力。往你的裡面凝視，你感知到他們的存在，是你感知到他們。你相信，所以你會明瞭宇宙啟明語言的奧秘，一點都不困難。」

「有鳥經過，你怎麼忽略牠呢！烏鴉不隨便停留在部落的樹頭上鳴叫，樹林也不是隨便長成深林密意，被蛇咬是偶然的嗎？」

「一個人若是瞭解這些，他就是謙恭之人了。你是排灣，是嗎？」巫師突然這樣問。我點點頭。

「那就是了，」巫師說，「我以為，我的同路人都在墳墓裡呢！」

我終於明白，我具足的能力，它在那裡，我從未失去它。只是後來加注太多的想法和評斷。別人告訴你，你這個不好，那個不好，隨著空間時間的移轉，自自然然流失掉自己珍貴的部分。

此刻，我又重新回到那個「老我」本身。問起自己八歲時候問的問題，為什麼出生在部落？為什麼我是排灣族人？

這是巫師說的嗎？貫穿全身的力量，自內底的種子湧生出的力量。

吉林和拉醫師坐在地上休息，我卸下背包，坐下來吃餅乾、喝水，拉醫師自動站起來離開我三尺遠的地方。「聽說你討厭煙味，哈哈。」我指著鼻子說：「啊！這裡出問題。」

「你看，」吉林要我看前方，我只看見獨立於神山的一座白雪覆蓋的山。這是神山的那個方位，我心裡這麼想。

「那座是觀音座。」我不知道吉林說的準不準。我因為疲累，眼睛看不遠，也不太願意說話。不管他和拉醫師說什麼，我都是「嗯！嗯！嗯！」地答著。

「有沒有像觀世音菩薩。」吉林轉過頭來，高興地問，「像不像，像不像。」好像是他發現似的，一定得給個回答才行。

「嗯！」我喝了一口水，瞇著眼，又看了一次。

「是。」我說。矗立眼前的，正是觀世音菩薩。

我的左手拿著一包乾糧，右手一瓶礦泉水。我坐著，兩腳向大腿內彎曲成散盤座。如快門卡嗒的瞬間，我脫離軀殼，對面看見自己的身形。

「這就是你。」聲音說。

出其不意地，像貓頭鷹從黑暗的樹枝上飛過來，撞到心房。

我還來不及回神用腦袋思索這是怎麼回事，一連串的聲音又出現。

「我是誰？怎麼會在這兒？我不是攝影家，不是天生熱愛冒險的探險者，我怎麼會在這兒？我躲著誰？在假裝什麼？」

「死亡，死亡如影隨行，只好遺忘。遺忘那沒有了儀式，沒有了神話的部落，遺忘昨天的前天的。遺忘從前過去，以為這樣，眼前就沒有死亡。

你哼唱自己的歌來，愉悅的思念的句句是死亡的哀思啊！死亡的哀思是延續族人的命脈是潛藏個人生命裡巨大無比的力量。」

腦海突然閃現族人在墓園集體掃墓的情景。一個人，需要多少時間的洗禮和痛苦煎熬，方能真正了解一個「明白」。在這個高山上，我應該坦承並且接受，在內心深處無法癒合的傷痕。

寒風吹拂，低低切切的音聲圍繞著周遭，再次，我抬頭凝視前方。內心一陣交戰，我垂下頭來，漠然地哭泣著。

我一起身，吉林趕忙拿走我的背包，交給一位老先生，「他是我們的人，看犛牛的，你看。」他指著拉醫師從隊友身上卸下來的背包說：「醫師也幫著人家背。」

我只好點頭跟老先生說聲謝謝，朝著卓瑪拉山頂繼續前行。

走著走著，我又變成一個人，小郭不知道在後頭哪條彎路上。

卓瑪拉山頂已經在望，我放慢腳步，走到人煙稀少的地方，那裡有一堆堆如大象一樣大的石頭。

犛牛工口哨聲四起，我從石頭縫上站起來。看見犛牛群背馱著貨物，壯觀的犛牛隊，他們低著頭背馱著貨物，像一大塊一大塊的石頭在我眼前流動著，看起來是那麼寧靜而強壯。

犛牛從早工作到晚，任勞任怨，卸下了貨物，也是低著頭吃草，就是不像我小時候放牧的小黃牛，老愛抬起頭來「哞──哞──」叫。

有一頭犛牛是我出錢來轉山的呢！人轉犛牛轉，我心中升起一種賦歸的喜悅。

爬上海拔五千七百公尺高的卓瑪拉山頂後，不再是那麼費力。因為是馬年，人潮聚集，旗海飄飛，沸沸揚揚。嬝嬝蒼煙，憑添了許多人們對於神山的虔敬與寄託。一幕幕充滿虔誠臉孔的靈魂，拋灑著紙馬風旗，隨風飄揚。大夥排排站列，由導遊和經理代表，將每個人寫滿對家人的祈禱祝福的風馬旗橫掛起來。那兒已有太多轉山人掛上的風馬旗，他們得踩著別人的風馬旗上才能掛上。層層疊疊、如絲網交錯的風馬旗，善念盈滿，當我們的祝福被掛上時，自然雙手合十，誠心祈禱。

我頓然瞭解堅持的意義。

卓瑪拉山頂上有一個小碧綠的湖泊，湖畔結冰，我想這裡就是濕婆之妻烏瑪女神的沐浴湖了。我凝望著湖泊，那裡，有一個人在結冰的湖畔上跌跤了，我身旁的老人發出咯咯咯的笑聲。

導遊說要先回搭青處理車子的事，隊友有人想跟他一起回去，導遊認為我們當中恐怕沒有人跟得上他的腳程。但是，有人堅持提早離開，誰跟得上就走，要不，就留下來。這是祈福過後，人類面對問題的一個小爭論。最後由經理的這句話作結論：「一起行動，不要分散。」導遊走了，一行人望著那離去的背影，沈默不語。氣溫驟降，受不住山頂上的凜冽風寒，我們急著下山。

從小就走慣了懸崖峭壁，爬山涉水，在樹上猴子樣地攀爬嬉戲，一點也難不倒我。下山的路是個峭崖，這裡發生過什麼事，應該是長滿樹叢的山，怎麼是一柱柱林立的石頭呢。

我站在那裡躊躇好一會兒，心想等小郭來了，再一起下山吧。

唵、嘛、呢、叭、咪、吽，清脆響亮的歌聲，從遠處陣陣傳來，流水般不曾停斷。誦唱的小姑娘穿著藏服，腰間束著腰帶，手持唸珠，健步如飛。經過我身邊時，路窄，她跳過一個石頭，頭顱大的石塊被裙擺夾落，絆住了腳，小姑娘失去重心，我扶了她一把，圓潤的雙頰淺淺一笑，即邊唱邊輕快地往峭崖走去。

唵、嘛、呢、叭、咪、吽，高亢的歌聲迴盪在高山上，彷彿剛剛扶起她的是一塊石頭。

山下的人們一如散狀的小溪流，找到歸家的路，男女老幼、小孩、年輕人，都各自朝著溪流走。我前顧後盼仍不見小郭的身影，人們從身邊輕風走過，咚！咚！一到峭崖，就不見了。我探頭看了老半天卻見不著路，陣陣寒風吹拂，這地方不等人的。

萬石障，萬石障。我心裡這麼想，過了這一障礙，就是英雄好漢。於是，自己摸路下山了。

一下山，就下冰雨，不久，雪花片片飄落。我坐在石頭上，觀賞這生平第一次看見的雪世界，漫天漫地的雪花。

伙伕遞給每個人一袋塑膠袋的午餐，發燒的小雄，靜靜坐在雪中咀嚼馬鈴薯，小郭和經理出現，眾菩薩果然保佑英雄好漢。

從地圖上看，好像就在前方不遠的地方。實際走來，不知走了多少草澤地，跳過多少個石頭，我們飢腸轆轆地望著草原上搭帳篷的牧民，那裡一定有東西吃，小郭臉色蒼白，吞了紅井天，還是頭痛難耐。我們頻頻回首仍看不見犛牛群。伙伕門還在後頭，那表示我們到達搭營地之後，還要挨餓一段時間。我的背包裡摸不出可裹腹的東西。休息的時候，麥可交出他的私藏——德國香腸。我不吃肉，只好躺下來閉目養神。

一入夜就開始下雨，我和小郭做了例行的臉部保養之後，早早就躲進睡袋裡。小郭蜷縮在睡袋裡問我，我們的帳篷是不是搭在河床上。我說是。

雨這樣一直下，我害怕河水氾濫，萬一我們在睡夢中被沖走，怎麼辦？小郭說出她的不安。

我側著身，雨聲是細細綿綿，時而是冰雹劈劈剝剝捶打著帳篷、草地上。鄰篷的伙伕們聊著天，談話的聲音和在雨聲裡，聽起來格外熟悉。

媽媽雙膝俯跪在地上，她的手緊抓著木窗，頭埋在雙臂下。就快到了，就快到了。身旁圍繞的家人撫摸著母親的背、肚腹，安慰著。聲音低切，生怕驚擾屋外任何生靈。

父親屋裡屋外，來來去去。這孩子也許等我出去透透氣呢，說不定這孩子等我再出去久一點呢。

父親抓起水桶，悄悄地避過任何會遇見族人的路徑，朝著水源地的方向去。

有一個女孩站在父親來時的路上，這長頭髮的女孩是誰家的孩子，父親提著水一路跟著女孩，他想看清楚那女子到底是誰家的女孩，他再怎麼加快腳步仍然追不上那烏黑長髮的女孩。女孩一到部落的入口就消失無蹤，父親回到家門，我的頭從母親大腿鑽出來，自然落在母親兩膝間開展的黑布上。

我跟小郭說，放心，我們躺在世界屋脊，是　世——界——屋——脊呢！不是在台灣，你聽，他們在雨中談話的聲調，就像是守護的勇士。

沒多久，傳來小郭小小的鼾聲。

清晨，我在大山的呼喊聲中醒來，拉開帳篷口一看，天，我們已置身在冰天雪地裡。地上結冰，圍繞的山嶺，峽谷，白雪覆蓋，眼睛所見全是皚皚白雪，真是美麗至極。這難得的雪景，我們拿起相機拚命拍照，興奮極了。

早餐過後，我們最後一次收帳篷，收起帳篷，格外有一種即將歸去的感覺。再不需要搭帳篷收帳篷了。

回家的路很遙遠，雖然是平緩的坡道，上路之後，早上的興奮之情早已煙消雲散。一山繞過一山，爬上山坡，走下坡，以為就要看到村落，看到的卻是山，永遠走不完的山，一個人走著，和隊友的差距越拉越長，吉林跛著腳出現，我和他聊起他在拉薩的生活。他說：「沒事就上茶館喝茶，再不就騎著摩托車到處晃晃。」追女孩呢？我倒是忘了他怎麼說的。後來吉林腳痛先走了，寒風襲來，我戴上口罩，一個人走著。

永無止盡的山脈，永無止盡的峽谷，行過一山又一山的路，繞過一座又一座的山。以為離開了山區，就可看到搭青，轉了彎，眼前又盡是黃褐色的山脈。

天氣轉陰，冰雨報到。我的胯骨、腰椎、整個背部劇烈疼痛，我和小郭、大山三人同行，沒有人提議停下來穿雨衣，我們心裡都明白，只要一停下來，那支撐的最後堡壘就要垮了，咬緊牙根，任風雨吹打，一直走一直走。

後記

十月，某天早上七點，我從深坑坐上公車，往台北車站搭國光號南下，到屏東再轉搭公車到高樹，到達高樹已經是下午四點。天空下著雨，我站在診所外面望著街道上的雨。一部黑色吉普車停在診所門口，車門開了，一個年輕人下車，迎接另外兩人，三人共撐一把傘，年輕人將其中兩位老人家接到車上。和我相同膚色的排灣族老夫婦從診所裡被攙扶著走出來，我向老人家點頭打招呼。他們就住在我們隔壁的村子，從我老祖母那一輩或更久遠以前，居住在大武山山麓的排灣人，世代交往熱絡，彼此具有聯姻關係，聽見老人家親切而熟悉的排灣語，經過一天的舟車勞頓之後，心情終於落實，我不是在旅行，我回到家了。

這裡是公車站的終點，所有要回家的人不是包車就是有家人來接，只有我才會在路口等著。看有沒有路過的人可以順道載我一程。

我走入雨中，穿過菜市場，越過馬路，揣想著對面十字路口的檳榔攤旁或許會圍了一群要回家的人吧？檳榔攤的鐵門已經拉下，滂沱大雨，嘩啦啦敲打我站著的鐵皮屋，豆大的雨點，在柏油路上如滾珠般跳躍著，街頭巷尾，人車寂寥。

對街的服飾店門口，有四名女孩站在雨棚下頻頻打手機嬉笑著，我跑過去用母語問其中一人：「妳們是某某村的嗎？」

「對啊。」女孩用國語回答。她回答時正巧手機響了，其他講完電話的三個人湊過來你一言我一語的，雨下越大，女孩越像雨中的麻雀，既興奮又焦躁。她們就這樣，只要一人在講電話，在旁的就一起聊，其中一個女孩生氣地叫她們：「別打了，妳們別再打了。快想辦法回家。」

我說著母語，女孩用國語回答。

「妳怎麼知道我們是同村的，我沒看過妳耶。」女孩問。

「我一看見妳的模樣就已經知道。」我說：「我認得妳父母。」

「真的歐。」女孩露出甜美笑容。

我離家太久，竟然拼湊不出她父母完整的名字，於是我說：「我在台北工作，很少回家。」

女孩看了我一眼，「你真的從台北來歐。」她這樣一看，我才意識到自己，一身寬鬆的衣著，因為全身淋濕，衣服緊緊黏著身子。背上揹著登山包，涼鞋上露出的腳趾頭還沾染黑沙泥，這哪像是台北來的小姐裝扮？我甚至比她們任何一個人都還黑！她們看起來亭亭玉立，穿著比我時尚，還在頭上蓋著毛巾好保護美麗的秀髮，難怪女孩一臉狐疑，「妳還會講我們的話歐。」

「我是『山地人』哪！」我說。

「嘿！她從台北來耶。」

女孩轉頭告訴其他人，六隻黑眼珠望了我一會兒，然後，一副「不認識妳」似地，埋首撥打手機。

我和女孩使用雙語有一搭沒一搭地聊著，將近五點，雨勢漸漸轉小。

「有人來載妳們回家嗎？」我問。

「沒有。」女孩嘟著嘴。「妳看，都沒有要回家的車子經過，我們用走的回去好了。」

「好啊！」我爽快地回答。

「嘿！我們走了。」

「我們真的用走的回去了。」女孩和同伴通電話，「真的，我們真的已經在用走的回去了，妳不要不相信？」其他人也一路上對著手機嘻嘻笑笑告訴村子裡的朋友，她們正在雨中，走路回家。

運氣好，念護校的慕妮開車回家，把我們撿回她的車裡。五個人擠在後座，女孩又再度和同伴通電話，「我們已經在車上了，嘻嘻嘻，就這麼巧啊。」女孩笑著。

「怎麼在走路？」慕妮說。

女孩們急著你一言我一語地訴說今天的遭遇。我發現，同樣在部落，她們所指所說，盡是我陌生的人和事。

CD播放著英文歌曲，車子行駛在平坦的柏油路上，暢行無阻，小雨隔絕在車窗外。女孩們，如燕鳥歸巢般快樂，我望著窗外，告訴自己，我在回家的路上。

波吉倒了一杯米酒，酒杯舉在半空中又放下，叫出我的漢名，「救救我。」他說。眼神充滿無奈和困惑。

波吉和我們這排鄰居大部分人的遭遇一樣，自小無父無母，他的童年是由雙眼失明的老祖母帶大，小時候他是個愛笑的男孩，性情開朗，從來不欺負別人。小學畢業，聽說去跑船，我們幾十年沒見過面，再見時，就是他現在的模樣，沈默不語，落寞地喝酒。

他一說「救救我。」我回頭看他，他便垂下眼簾，神情落寞無助地望著酒杯。我知道他這麼說是因為從小我就像小姊姊一樣照顧他，而那個無助又徬徨的年代，吸強力膠在村子裡成為一股風潮，我和媽媽在黑暗中找尋哥哥，草叢裡任何黑暗的角落，一聽見那至今想來仍刺痛心肺的、套在塑膠袋裡的呼吸，傷心的母親頻頻呼喚，「誰在那裡？孩子，是你嗎？孩子，回家。」

在那被吹脹磨搓窸窣的塑膠袋聲中、沈重的呼吸喘息聲中。很多人走了，迷迷茫茫的人生，年輕的生命斷送在酒精毒品中。如果哥哥能保持清醒的狀態，那是因為他還記得家人的愛。

去西藏前，領隊說西藏轉山很危險，很多人去了，不一定回得來。我當時以就死的決心來準備，所以寫了一份遺書寄給我的老師，清楚交代，若發生意外，請老師把保險金用來籌設「原住民戒酒中心」。不過，幸運的是我活著回來。

有些話不是三言兩語可以說的清楚，當我坐下來準備和他聊時，阿發削瘦的身形搖搖晃晃飄過來，聽說，他曾經敲破玻璃吞到肚子裡。阿發瘦得只剩皮包骨，坐在波吉身旁：「來吧！朋友，上班了。」明光拿起酒杯，為阿發倒酒。

阿發喝了一口酒，頭垂在桌子上，說隔壁小惠老愛說他、唸他、罵他，「我那裡不對？我喝我自己的酒啊！」明光就像木頭人，不為所動地喝著自己的酒。

小惠及肩的長髮，鬼魅般出現。凌晨兩點才散去的這幫人，又一一聚攏回來，平常我們這些兄弟姊妹、叔姪阿姨要是不回來，村裡簡直就是一個寂寞的荒島，我不知道是不是大家都得了失眠症，還是因為彼此太少相聚的原因。

小惠對著阿發說：「拿來，你小時候的保母費。你父母到山上耕作，都把你丟給我照顧，你去平地看看，現在的人都請外勞，你不曾拿過一毛錢給我。」

「你常常掐得我青一塊、紫一塊，這要怎麼辦？」阿發斜歪著頭。兩人你一言我一語地算著父母還在世時的舊帳。

來義村豐年祭，與祖靈共飲，朋友，我醉了。

阿發舉起酒杯，一口氣喝完。

「喝酒，起碼吃塊肉。」小惠切開一塊烤肉放進嘴裡。

「哈萊，騎馬？」阿發抬起頭，四處張望，然後用母語說：「馬在那裡？亂講話，你。」

明光呆滯的臉上，立刻顯露出幾條深刻的皺紋，笑聲如啟動馬達般咯咯地自肚腹裡發出來。

我在這條路上來來去去，石板屋和水泥房、傳統與現代之間。夜裡和老人家飲酒歡唱，我抱著他們痛哭，然後顛顛倒倒回去，第二天醒來再循著這條路徑一一撿回我遺落的拖鞋、帽子、衣服。

後來，阿發被米酒擊倒，冰冷的身體，在清晨被他的兄弟發現。小惠在平地被一輛車子撞倒，她撿起肇事者丟下的三百元，回到住處便倒地不起。然後就是我的鄰居，我鄰居的鄰居，鄰居鄰居的鄰居……再和家人通電話，聽見一連串的噩耗。「做什麼？我們忙著埋葬死人。」電話那一頭，總是這麼說。村子裡，一家一家的輪流死亡，我們活著的人，就是忙著挖土埋葬。

屋外，風雨飄搖，茂密樹林子裡如浪濤向海岸般翻湧拍擊。我自夢中醒來，開燈察看陽台上的盆栽是否被吹落，燈光下，花朵正豔，絲毫不受風影響。

生活，如常作息，老泉山上的訓練，不會因為有人悲傷而少打一趟拳術，少做該有的基本訓練。

秋冬時節的山上排練場，有時雨，有時霧雲籠罩，隱身於竹林、相思樹和梧桐樹中的霧雲，一不留神，便翻湧襲來，小屋、蘆葦、排練場，全像是籠罩在白茫茫霧淒淒中的仙境，山下世界已然不存在，只有鼓聲和心靈的撼動，我身邊一個個寧靜的靈魂，清明而覺照。師父說，打鼓的時候不要閉上眼睛，要睜開眼睛，活在當下。我過去不懂，現在懂得。經歷過紛亂的日子，方知平靜的可貴。

一個人會在不知不覺中影響身邊的人。我要記住每個人，每個生起的念頭，在錯誤和包容之間跌盪，我是誰？誰是我？我站在鼓前，拿著鼓棒，鼓聲中，心念升起、鼓棒揮落。揮落又升起。

因為團長的鼓勵與自我挑戰的想法，我作了生平第一部戲——《祭・遙》。故事內容是關於排灣族悲傷的靈魂和巫師的凋零。

劇中有個悲傷的靈魂，開頭是這麼唱著：「每個人的靈魂深處都有一首歌，一首古老的歌，只是，有人忘了，我也忘了。」

每一位曾經到這座山上參與體驗的人們，在經過了土地的接觸和鼓聲之後，對自己對生命都有一個深刻的認識。我的故事呢？藏西之旅開啟我的心靈，從整理、撰稿到導演《祭・遙》，這段期間，我發現了自己的心靈對外在事物的開放與接受度的寬廣。這是過去，每當陷入所謂低潮創作期時，必定活在自己世界裡的那個既自私又自我的執拗個性所無法達成的。

接受批評，接受自己的不完美，我做到了，我知道自己已經不同。藏西遼闊的天際和毫無障礙的視野，大自然無私的給予，什麼是「我」的呢？在這個世界上，我是多麼地多麼地渺小。

《祭・遙》演完的那一晚，我回到居所，趴在書桌上，放聲大哭，既不是悲傷情緒，亦不是難過的心情，在包容和被包容之間，在生命瞬息輪迴之間，一種對人生深刻的體悟與瞭解吧！

對於部落族人，還有對巫師的思念，我拿起來，然後，放下。

巫師與我，註定要見面的。我跟巫師說：「無論跑多遠，我的左腳右腳，終是要轉彎回來看見你。」

105 台北市南京東路四段25號11樓

廣告回信
台灣北區郵政管理局登記證
北台字第10227號

大塊文化出版股份有限公司　收

地址：□□□ ＿＿＿＿＿市／縣＿＿＿＿＿鄉／鎮／市／區

＿＿＿＿＿路／街＿＿＿段＿＿＿巷＿＿＿弄＿＿＿號＿＿＿樓

姓名：

請沿虛線撕下後對折裝訂寄回，謝謝！

編號：CA 078　書名：老鷹，再見

大塊文化 LOCUS 讀者回函卡

謝謝您購買這本書，爲了加強對您的服務，請您詳細塡寫本卡各欄，寄回大塊出版 (免附回郵) 即可不定期收到本公司最新的出版資訊。

姓名：____________________ **身分證字號**：____________________

住址：____

聯絡電話：(O)____________________ (H)____________________

出生日期：_____年_____月_____日 E-mail: ____________________

學歷：1.□高中及高中以下 2.□專科與大學 3.□研究所以上

職業：1.□學生 2.□資訊業 3.□工 4.□商 5.□服務業 6.□軍警公教 7.□自由業及專業 8.□其他________

從何處得知本書：1.□逛書店 2.□報紙廣告 3.□雜誌廣告 4.□新聞報導 5.□親友介紹 6.□公車廣告 7.□廣播節目8.□書訊 9.□廣告信函 10.□其他__________

您購買過我們那些系列的書：

1.□Touch系列 2.□Mark系列 3.□Smile系列 4.□Catch系列
5.□tomorrow系列 6.□幾米系列 7.□from系列 8.□to系列

閱讀嗜好：

1.□財經 2.□企管 3.□心理 4.□勵志 5.□社會人文 6.□自然科學
7.□傳記 8.□音樂藝術 9.□文學 10.□保健 11.□漫畫 12.□其他_____

對我們的建議：____

LOCUS

L O C U S

LOCUS

LOCUS